Cinzia Imai

I LEGAMI

CHE NON HANNO NOME

Youcanprint *Self - Publishing*

Titolo | I legami che non hanno nome
Autore | Cinzia Imai
Copertina a cura dell'autrice
ISBN | 978-88-67512-53-9

Youcanprint *Self - Publishing*
Via Roma, 73 - 73039 Tricase (LE) - Italy
Tel. +39/0832.1836509
Fax. +39/0832.1836533
www.youcanprint.it
info@youcanprint.it
Facebook: facebook.com/youcanprint.it
Twitter: twitter.com/youcanprintit

Dedico questo libro

al mio meraviglioso Dottore A.L. che mi ha ridato la vita.

ED E' SUBITO SERA

Ognuno sta solo sul cuor della terra

trafitto da un raggio di sole:

ed è subito sera

S. Quasimodo

PORTINERIA E DINTORNI

I LEGAMI CHE NON HANNO NOME

Nella mia primissima infanzia approdai con la mia famiglia in una portineria (che divenne la mia casa) di un bellissimo palazzo del cinquecento a Genova.

Fu questo il teatro della mia vita dall'infanzia alla giovinezza.

Ci entrai a due anni e andai via che ne avevo circa venti.

Si formarono, in questo posto, dei legami che non hanno nome, ma che sono stati fortissimi, per me, nel bene e nel male.

Il palazzo era enorme e si affacciava su un grosso cortile.

C''erano due ale.

Una era destinata ai proprietari e alla servitù, l'altra agli inquilini.

La seconda aveva due scale: in quella grande c'erano vari appartamenti dove abitavano alcune famiglie e un certo numero di uffici dei più svariati tipi. C'era infatti un'agenzia marittima ,un armatore navale, cinque avvocati, cinque o sei medici, un parrucchiere, un sarto, due studi tecnici, e altri.

La scala piccola era molto stretta e lì abitavano tre famiglie.

In cima alla prima rampa di scale comuni c'era "lei", la portineria.

Era divisa in due parti.

Nella prima si accedeva attraverso una porta color marrone chiusa a chiave e c'erano tre stanze molto belle (una era adibita a sala con certi mobili portati dal paese, una a camera da letto, e una praticamente vuota perché i miei all'epoca non avevano denari per arredarla), coi pavimenti lucidi di granigliato antico, coi soffitti e le finestre altissimi, che si affacciavano sul cortile; nella seconda si accedeva attraverso una porta di legno bianco che portava in un grande locale cucina. C'era, in questa cucina, un finestrino tagliato a mezzaluna che si affacciava direttamente sulla prima rampa di scale comuni e dominava così tutto l'androne in modo che noi potessimo sorvegliare ed essere a disposizione dell'utenza in qualsiasi momento; c'era pure una porta, vicino al lavello, che conduceva al nostro bagno, soprannominato "trono", di cui parlerò dopo. La finestra del locale era posta al culmine di tre gradini molto alti e si affacciava su un cavedio, dove noi tenevamo delle piante e le corde per stendere (e dove io e la mia amica Elisa spesso andavamo a giocare), con davanti un muro grigio enorme che era il retro di un ufficio.

Tale cavedio, quando pioveva forte come spesso capita a

Genova, si allagava, e mio papà era costretto a scopare via l'acqua; ma quando pioveva in modo torrenziale non ci riusciva e allora l'acqua entrava nella nostra cucina, nella credenza, e bagnava tutte le nostre pentole e le altre cose...

IVO

Ivo era un uomo coetaneo di mio papà e veniva a fare le pulizie in due uffici nel nostro palazzo, negli anni sessanta. Divenne suo amico e prese a frequentare la nostra casa solitamente la sera, prima di recarsi al lavoro.

Lui amava, infatti, lavorare di notte e quindi passava la serata con noi. Spesso, se arrivava che c'era cena pronta, si cenava insieme, e certe domeniche o in alcune feste comandate tipo S. Stefano, Capodanno, Pasqua, veniva anche a pranzo.

Frequentò la nostra casa per circa dieci quindici anni.

Abitava nella città vecchia, nei "caruggi", in Vico della Croce Bianca, traversa di Via del Campo. Per venire al lavoro era solito fare un percorso che toccava Vico del Fieno, Vico Rosa, Vico dell'Amor Perfetto e Vico Speranza.

Ritornava a casa quando ormai stava albeggiando e già in prossimità di Via del Campo cominciavano a spegnersi gli ultimi falò del popolo della notte. Viveva solo, Ivo, non era sposato e veniva da Piacenza. Parlava malissimo di Piacenza, diceva che era una città orrenda. Io, quando molti anni dopo ci andai non la trovai affatto brutta e pensai che per tutta l'infanzia avevo immaginato questa città in un modo sbagliato.

Era poi stato, questo Ivo, diversi anni in Australia dove diceva di stare benissimo. Se ne era andato in fretta e furia perché si era innamorato di una donna sposata il cui marito lo aveva minacciato di morte se non avesse lasciato la città e l'Australia con la prima nave in partenza per l'Italia. E così fece. E venne a Genova.

Ivo era un uomo originale, molto originale. Infatti lui aveva degli argomenti di conversazione da trattare, nel senso che lui veniva da noi circa due volte la settimana e si fermava due o tre ore per volta, e durante queste serate parlava sempre dello stesso argomento per quattro o cinque mesi di fila. E poi smetteva. Non ne parlava mai più. E ricominciava con uno nuovo.

Questi argomenti erano i più svariati. Ricordo per esempio quando si appassionò di erbe. Si documentava attentamente, meticolosamente.

E poi parlava per ore di queste cose e le approfondiva sempre di più. Tanto che arrivò, quando si occupava di erboristeria, a farsi in casa certe medicine. Ne era entusiasta e un giorno ce le portò da provare. I miei non le volevano. Ma lui insistette così tanto che loro furono costretti a prenderle. Anche se poi ebbero paura a usarle e le gettarono nella spazzatura.

Negli anni settanta, io, bambina, vissi l'epopea dei movimenti studenteschi e operai che si svolgevano nel porto di Genova attraverso le gesta di un certo Mario, amico carissimo di Ivo, a cui lui aveva subaffittato una stanza, sempre nella casa di Vico della Croce Bianca. Durarono moltissimi mesi, i racconti delle gesta di Mario. Mario che durante le manifestazioni si arrampicava sui cancelli del porto, Mario che correva, Mario che prendeva il megafono in mano, che faceva lunghe dissertazioni, noi non avevamo la televisione, non sapevamo nulla del mondo, le lotte di Parigi, di Roma, di Milano, Mario sapeva tutto, certe volte facevamo delle domande, Ivo le riferiva a Mario e poi ci riportava le risposte due giorni dopo. Mario che buttava acqua e oggetti fuori dalla finestra nelle risse notturne in Vico della Croce Bianca. Mario amico, Mario fratello, Mario un giorno nemico, perché avevano bisticciato. Mario che un giorno è sparito dai racconti di Ivo, perché si erano picchiati, abbiamo capito fosse per una donna, abbiamo capito fosse per una donna del popolo della notte, quelle che lui incontrava al suo rientro, mentre spegnevano i falò e riponevano le sedie nei piccoli antri bui delle case. Non sapemmo mai il nome, né altre cose. Nulla, all'infuori che fosse molto bella. Come Mario. Perché anche lui era, a detta di Ivo, molto bello. Mario morto, perché Ivo non ne parlò mai più. Mai più. E io, bambina, orfana di Mario, che ormai era un amico, anche per me.

Dopo questa cocente delusione, passò per la prima volta nella nostra amicizia con Ivo qualche mese senza un argomento fisso, che arrivò comunque nel giro di poco tempo, se consideriamo la grave ferita per l'amicizia perduta con Mario.

Ivo aveva questo spirito di adattamento agli eventi nuovi che gli consentiva di spogliarsi completamente del passato riprendere la vita di ogni giorno ripercorrere le stesse strade gli stessi vicoli con quei nomi incantati e aver perduto un amico o un amore, e ridere lo stesso, camminare lo stesso, lavorare lo stesso, camminare, camminare, Vico Speranza, Vico del Fieno, e poi ancora Vico Speranza. La Vico Speranza è, combinazione, un vicoletto in salita. Incastonato in un dedalo di vicoli che formano un piccolo labirinto. A volte sembra di essere al Luna Park. Dopo un po' che ci vai non te ne dimentichi più, ci potresti andare ad occhi chiusi. E' la strada stessa che ti guida, la piccola salita, la piccola discesa, il tombino incerto, la pietra fuori di posto, sempre nello stesso punto. Una piccolissima salita. E sei subito in cima. Subito dopo c'è un'altra piccola salita, senza troppo sforzo, e poi, subito, la strada in piano. Forse è lì che Ivo ritrovava ogni volta un argomento nuovo. Dopo la perdita di Mario, o del suo amore, o di chissà cos'altro.

Come niente fosse. E come niente fosse era di nuovo contento, e pure noi, e pure io.

E fu così che tutti insieme ci imbattemmo nel nuovo argomento che, a ripensarci oggi, è quello che allora mi sconvolse e mi piacque di più, ed è la storia dell'Ape.

Io avevo allora circa otto dieci anni e lo seguivo incantata. Non capivo perché i miei gli facessero continuamente obiezioni.

Ivo aveva preso infatti una decisione: era stufo di pagare ogni mese l'affitto. E così pensò che avrebbe comprato un'Ape- car e ci avrebbe costruito la sua casa.

Avevamo noi, all'epoca, in cucina, una credenza con l'alzatina. Era bianca e un po' scassata. Ivo la trovava interessantissima per il suo progetto. L'avrebbe messa sull'Ape, nel cassone dietro e, con un lavoro di falegnameria e un progetto di copertura ne avrebbe ricavato il vano cucina.

Ogni sera aggiungeva dei particolari a questo progetto, e ogni sera i miei gli rammentavano che secondo loro era qualcosa di molto difficile da realizzare. Anche se poi lo ascoltavano lo stesso attentamente.

Certe volte lui insisteva perché gliela vendessimo a poco prezzo, tale credenza, ma la mia mamma non ne voleva sapere. Non perché fosse affezionata alla credenza, che a lei non era mai piaciuta, ma perché coi denari di Ivo sapeva già di non potersene comperare un'altra.

Alla fine lui comprò davvero un'Ape usata e, in attesa di realizzare il tutto, la adoperava per gli spostamenti in città o per fare piccoli traslochi.

Una sera ci dormì sopra e fu aggredito da alcuni delinquenti. Gli danneggiarono pure l'Ape. Uscito dall'ospedale passammo alcuni mesi ad analizzare l'episodio dell'aggressione in sé, ovvero capirne bene le cause e concordare alla fine che era stato scelto il luogo sbagliato per posteggiarla e dormirci su; quindi cartina di Genova alla mano trovammo delle zone secondo noi più adatte per poter vivere il pernottamento in tranquillità... Restava però il dilemma di vincere la paura che Ivo, nonostante il coraggio dimostrato, non aveva ancora del tutto dimenticato. E quindi dover decidere se era il caso di abbandonare il progetto e rottamare l'Ape o proseguire nell'avventura. E così fu. Perché dopo varie disquisizioni Ivo decise: avrebbe fatto riparare l'Ape e portato avanti il progetto di speranza di farci una casa. E così riprese tutto come prima per un bel po', passò forse un inverno e una primavera. Finché una sera venne e ci disse che aveva rinunciato, e non se ne faceva più nulla.

Io ci rimasi malissimo.

Gli anni passavano, gli argomenti si susseguivano e continuavano ad accendere la mia fantasia di bambina. Intanto sul finire degli anni settanta Ivo si offrì di sostituire mio papà in portineria in estate, per permettergli di passare quindici giorni al paese con noi. E così Ivo dormiva nel mio lettino e viveva in casa nostra. Quando tornavamo ricordo che trovavo fettine di prosciutto sulla mia scrivania che mi ungevano i quaderni e questo mi infastidiva molto. E poi trovavamo allineate un certo numero di bottiglie di birra e liquori nella scala che dalla cucina portava al cavedio. Sembravano birilli. Ma erano tutte vuote, perché una delle passioni di Ivo era la birra e gli alcolici in genere.

Cogli anni questa passione aumentò e verso l'inizio degli anni ottanta Ivo abbandonò gli uffici dove andava a fare le pulizie per prenderne altri, disse lui, più redditizi, in altre zone. Continuò a frequentare la nostra casa, ma con minore intensità. Fino a non frequentarla più. Di lui sapevamo tante cose, ma evidentemente i dati burocratici non erano alla base del nostro rapporto con lui. Non gli abbiamo mai chiesto i nomi dei suoi parenti, o un recapito telefonico, o altro. E in Vico della Croce Bianca trovammo sempre la porta chiusa. Così passarono circa due o tre anni.

Poi un giorno si fece vivo, dicendo che una sera mentre si aggirava per certi vicoli (e noi capimmo che fosse stato ubriaco) lo aggredirono, lo picchiarono e lo gettarono in un cassonetto dell'immondizia. Dove fu salvato da qualche passante e ricoverato all'ospedale S. Martino per molto tempo.

Si fece ancora vivo per un po' poi sparì di nuovo.

Una notte, mentre con certi amici percorrevamo in macchina una strada buia, dalle parti di Corso Torino, mi sembra di averlo riconosciuto in un gruppo di ubriachi fermi a un semaforo. Se era lui, è l'ultima volta che l'ho visto. Era circa il 1984.

LA BARONESSA GIULIA

La Baronessa Giulia sembrava una fata turchina.

Era una donna minuta e sempre seduta su una poltrona, perché' non poteva più' camminare.

Era la nostra fata, la nostra fata turchina. Aveva capelli bianchi che tendevano al blu ed era sempre circondata da uno stuolo di cameriere. Erano molto servizievoli, queste cameriere, la adoravano. Perché lei era una persona adorabile.

Parlava lentamente, e spesso non la si poteva disturbare perché non stava bene. Ricordo che in quei momenti, subito dopo aver suonato il campanello, veniva una cameriera e diceva di parlare sottovoce. In realtà la casa della Baronessa Giulia era enorme, e mai lei ci avrebbe potuto udire dalla sua camera. Ma era una forma di rispetto, questa, che tutti tenevano.

Mio papà andava a fare tutti i lavori di piccola manutenzione in casa sua, ogni giorno. Non la vedeva naturalmente tutti i giorni, sempre per la questione della malattia.

Lei, quando stava meglio, lo mandava a chiamare e lo salutava. Oppure gli diceva di portarmi da lei. Le piacevano molto i bambini e ricordo che quando mi portavano nella sua stanza, lei mi accarezzava i capelli, mi parlava dolcemente e poi mi regalava sempre qualcosa. A Natale mi faceva sempre regali utili, tipo vestiti e maglioni. Certe volte i golfini li faceva lei stessa, avendo molto tempo da passare in poltrona, essendo inferma. Erano bellissimi.

Quando mio papà si ammalò e fu operato, ebbe una convalescenza lunga, essendo stata un'operazione, per i tempi, difficile e fatta in extremis.

La Baronessa Giulia disse che aveva bisogno di bistecche ogni giorno e altre cose e, per circa un anno ci dette una specie di stipendio in modo che potessimo far fronte a queste evenienze.

Quando qualche anno dopo, purtroppo, morì, i miei piansero come fosse mancata una persona di famiglia.

GAVINO

Gavino era un uomo che veniva dalla Sardegna e faceva il fattorino a un dirigente che aveva l'ufficio al primo piano della scala grande.

Era, questo Gavino, un uomo minuto e molto gentile.

Quando io ero piccola mi faceva un sacco di complimenti e voleva sempre che io gli dessi la manina. Io non volevo, perché aveva sempre le mani umidicce, e questo mi dava molto fastidio. Però lui sempre insisteva con questa manina e finivo col dargliela perché, in caso contrario, dicevano i miei, si sarebbe offeso.

Se i miei dovevano fare qualche commissione insieme, lui si offriva di stare in portineria per qualche ora. Una volta, e io ero già più grande, ricordo che tornammo e lo trovammo intento a divorarsi un grosso recipiente di spaghetti dentro la guardiola!

La testa di Gavino non era come tutte le altre, era una testa lucida. Ricordo che lo dissi alla mia mamma e lei rispose di non farci caso e di non guardarla tanto perché lui, da qualche parte, aveva una placca di metallo, perché era stato ferito in guerra. Da allora smisi di fare caso a tutto ciò anche se questa storia della placca mi incuriosiva.

Il 3 Novembre, vigilia delle sfilate patriottiche, Gavino piombava in casa nostra con una quantità enorme di medaglie legate ai vari nastrini tricolore che la mia mamma gli stirava per bene ogni anno. Lui infatti sarebbe andato il giorno dopo in corteo ed era per lui la giornata più importante di tutte.

Andò avanti così nel tempo, finché il dirigente per cui Gavino lavorava si trasferì a Roma.

E lo volle con sé.

E così partì per Roma e non lo vedemmo per alcuni anni.

Finché un giorno tornò a Genova per pochi giorni e ci portò a conoscere la moglie che nel frattempo aveva conosciuto e sposato.

Era felice. La portò da noi come la si porta da un familiare lontano.

Fu molto bello.

E questa è stata l'ultima volta che l'abbiamo visto.

LA MARCHESA LUCREZIA

La marchesa Lucrezia era la datrice di lavoro di mio papà.

Viveva in un'ala a sé del palazzo insieme al marito e ai numerosi figli. Aveva parecchi camerieri e servitù' varia.

Era una donna alta e bionda e aveva sempre un rossetto che tendeva al rosa. Io la vedevo dalla finestra, mentre saliva o scendeva da qualche automobile. Mi metteva molta soggezione e, se passavo in cortile mentre c'era lei, cercavo di scappare. Certe volte lei diceva a mio papà di portarmi lì e mi faceva qualche complimento e alcune domande circa la scuola ecc. Io restavo quasi sempre a bocca chiusa per l'imbarazzo.

A Natale mi faceva recapitare da qualche cameriere dei regali bellissimi, non si e' mai dimenticata di me, nonostante i suoi molti impegni. Uno di quei regali, ricordo, consisteva in un bel cofanetto beauty case da ragazzine, di colore giallo, da cui non mi sono mai separata.

Certe volte organizzava dei grandi ricevimenti dove mio papà andava per fare il cameriere. Ricordo che io e la mia mamma lo aspettavamo alzate fino a notte fonda perché ci portava certi salatini che faceva solo il cuoco Ugo che spesso avanzavano. Erano buonissimi, mai più in vita mia ho mangiato dei salatini così!

Altre volte poi, la marchesa diceva al personale, se il ricevimento era di giorno, di portare anche i bambini.

Capitava così di ritrovarsi in questa casa immensa a giocare.

Era un posto irreale, per me. Come pure le persone che la abitavano. Che vedevo molto diverse da tutti noi.

Qualche anno più tardi tornai in quella casa.

Perché era morto uno dei suoi figli.

Fu una cosa terribile.

Mi misi a piangere. E piansi, sempre di più. Accanto a me c'era, in silenzio, la marchesa.

Che piangeva.

Fu allora che non ebbi più paura di lei.

E fu quella l'ultima volta che la vidi.

L'anno dopo lasciammo per sempre la portineria e lei purtroppo morì qualche anno più tardi.

IL DENTISTA

Il dentista aveva lo studio al terzo piano della scala grande. Aveva alle sue dipendenze un certo Firpo, che faceva il "meccanico", così lo chiamavamo noi.

Questo Firpo veniva quasi ogni giorno a prendere il caffè da noi, essendo il suo orario di lavoro dalle 14,30 alle 18 circa. Si presentava dal "finestrino" a quell'ora e mio papà lo invitava a bere il caffè.

Spesso questo tizio era in collera col dentista per motivi suoi e lo accusava di essere spilorcio e tiranno.

Secondo me tale dentista era davvero spilorcio ed era anche un tipo strano e antipatico. Spesso costringeva i miei a portarmi da lui; poi mi trapanava i denti senza anestesia e io ricordo di non aver mai più sentito in vita mia così male da un dentista. Mi ci dovevano trascinare, ogni volta. Quando avevo circa dieci anni disse alla mia mamma che mi avrebbe asportato tutti i denti perché erano storti e mi avrebbe fatto la dentiera. La mia mamma si arrabbiò moltissimo e disse che mai mi avrebbe lasciato fare un lavoro simile. Ricordo che gli disse: meglio i suoi storti che quelli finti dritti!

E da allora mi lasciò abbastanza in pace.

Un giorno poi, vidi la Rina col suo cane Fuffy uscire dal suo studio e la Rina disse che il dentista aveva appena estratto un dente al Fuffy! Ricordo che all'idea che il Fuffy fosse sulla poltrona e Firpo lo tenesse fermo mi fece morire dal ridere ma al tempo stesso mi fece un po' schifo il fatto che il cane fosse seduto sulla stessa poltrona degli umani e da allora non volli più andare dal dentista.

ELISA

L' Elisa è stata la prima amica che ho avuto; era una bimba di tre anni più grande di me, che viveva nella scala piccola.

La sua famiglia era composta da padre madre e due fratelli più grandi.

Spesso io andavo a giocare a casa sua, o più semplicemente a guardare la TV; guardavamo i telefilm di Rin Tin Tin, in prevalenza.

Sua mamma era molto dolce e buona ma era sempre molto indaffarata.

L'Elisa aveva in casa un pianoforte nero, che sapeva suonare molto bene. Spesso io mi sedevo accanto a lei e la guardavo suonare. Aveva dita lunghe e secche, con certi anellini rosso rubino. Non mi piacevano quelle sue dita, erano, a pensarci adesso, delle dita fredde, come pure le mani.

Quando l'Elisa andò alle superiori la nostra frequentazione diminuì di molto, avendo lei incontrato nuove compagne di scuola che faceva poi venire a studiare a casa sua.

Nel frattempo, prima delle superiori, una notte, all'improvviso, sua madre morì per un attacco di cuore. Fu, credo, quella, la prima volta che moriva una persona che conoscevo e che quindi non avrei più rivisto. La cosa mi scosse parecchio e ricordo che la mia mamma mi disse che dovevo essere molto buona e comprensiva con l'Elisa.

Verso la fine degli anni 70 la famiglia dell'Elisa traslocò e seppi poi dalla Rina che lei, verso i venti anni era entrata in un convento di suore di clausura.

Prese poi i voti e non uscì più di là.

Io qualche volta, con la Rina, avrei desiderato andare a trovarla, ma poi non combinammo mai e la cosa finì lì.

Pensandoci, infatti, non avrei saputo che dirle, non avevo più desiderio di rivederla. E così fu.

L'UOMO DELLE PENNE

L'uomo delle penne era un tale cliente di non so più quale Ufficio, che ogni volta che si recava o tornava da lì, chiedeva a mio papà di poter usare il bagno.

La portineria non aveva un bagno di servizio, essendoci soltanto il nostro bagno, di cui parlerò più avanti.

Questo tale aveva poi l'abitudine di fare tali richieste all'ora di pranzo il che comportava che ci attraversasse la cucina con la tavola apparecchiata ecc. all'andata e al ritorno, essendo il bagno ubicato in fondo a tale stanza.

Venne parecchie volte, questo tizio, che forse per sdebitarsi regalava a mio papà una certa quantità di penne biro sponsorizzate dalla sua ditta.

Fino a quando un giorno la mia mamma, furiosa per l'ennesima traversata della cucina e schifata dalla puzza che fuoriusciva dal bagno, fece una sfuriata e cacciò in malo modo l'uomo delle penne. Che non venne mai più.

Cesare e Matteo erano due bambini rispettivamente di cinque e tre anni più grandi di me. Erano i figli dell'Ingegnere che abitava al quarto piano della scala grande.

Questo ingegnere era un altro dei nostri benefattori. All'epoca della divisione dei beni tra la mia mamma e la sorella Anna, era lui che si occupava della parte tecnica della questione, insieme all'Avvocato. Non volle mai essere pagato.

Aveva la moglie, due figli e la suocera che viveva con loro. Quando a scuola venivano assegnate le "ricerche" io andavo in crisi perché non possedevo l'Enciclopedia. Mi veniva sempre in soccorso la moglie la quale mi faceva andare a casa sua a consultarle, ed essendo lei esperta di queste cose, mi aiutava pure nella spiegazione dei testi.

Quando andai alle Medie e alle Superiori l'Ingegnere venne a parlare coi miei e spiegò loro che per nessuna ragione avrebbero mai dovuto spendere soldi in ripetizioni per me! Ci avrebbero pensato i suoi figli, in caso avessi avuto bisogno.

Fu così che Cesare, il figlio grande, divenne il mio insegnante di sostegno.

Io arrancavo sempre in tutte le materie e lui era bravissimo in tutto. Era di una pazienza infinita e passava moltissimo tempo con me a seguirmi nei compiti a casa. Era un angelo custode.

La sua figura fu per me la figura di un fratello più grande, quello che non ho mai avuto.

Anche nel periodo dell'adolescenza, ricordo di non aver mai pensato a lui come a un ragazzo di cui avrei potuto innamorarmi, ma come a un fratello maggiore.

Col tempo, quando entrambi andammo ad abitare in altri luoghi, ci si vide di meno ma mai cessarono i rapporti con questo Cesare.

Lui si è sposato da parecchi anni ha due figli e vive ancora a Genova. Qualche volta ci siamo visti con mio marito e sua moglie e in quei momenti, quando si è parlato di quei tempi, ci siamo commossi entrambi.

Non glielo ho mai detto, ma i ricordi di quei pomeriggi a studiare hanno formato qualcosa per cui vedere Cesare oggi mi commuove e mi fa pensare al fratello che non ho.

IL TRONO

Un racconto a sé è il bagno di casa, che era un locale di un'architettura che non saprei definire, ma era certamente stato ideato da qualcuno molto geniale e un po' pazzo.

L'umidità ne era la regina.

Intanto si affacciava direttamente in cucina, vicino al lavello. C'era infatti una porta, una porta lieve di compensato che si apriva direttamente sul primo scalino di una scala di marmo giallo. Infatti tale bagno era tutto costruito intorno alla scala. Accedendovi, un estraneo aveva difficoltà, perché, non aspettandosi subito una scala davanti, aveva a malapena lo spazio per mettere i piedi e non cadere per la sorpresa.

Questa scala aveva alla sua sinistra una mensola murata stretta e lunga dove i miei tenevano detersivi e oggetti di pulizia. Oltre al cestino delle mollette e delle patate.

Sulla destra c'era incassata, in una specie di nicchia, la vasca da bagno.

In cima alla scala c'era il water, soprannominato dalla Rina, IL TRONO, che faceva bella mostra di sé, nei momenti in cui ci si dimenticava la porta aperta o socchiusa, che era nella traiettoria del finestrino a mezzaluna, cosicché la visuale arrivava fino in cima alla prima rampa di scale.

Alla sinistra del trono c'era un piccolo lavabo incastrato in un muro parecchio alto e bombato, un muro irregolare che faceva pensare vedendolo alla schiena di una persona robusta piegata in due ed intenta a raccogliere qualcosa da terra.

Il lavabo era sormontato da un piano mensola irregolare rivestito di piastrelle bianche.

In cima al muro c'era un piccolo finestrino con le grate, che, data la distanza da terra, si poteva aprire solo tirandolo con un lungo spago che aveva messo mio papà.

Alle spalle del trono c'era uno scalino enorme, direi una grossa nicchia che fungeva da mensola/ripostiglio dove trovavano posto un certo numero di bottiglie di acqua minerale e vino, che la mia mamma faceva arrivare dai suoi amici del paese.

Era, insomma, una specie di dispensa, chiusa con una tendina a disegni sul blu.

Lo specchio non esisteva, ovvero esisteva uno specchietto da tavolo col bordo giallino che la mia mamma aveva appeso provvisoriamente a un chiodo sul muro libero di fronte al lavabo, forse con la speranza che la provvisorietà di quello specchietto le garantisse la possibilità di fuggire via il prima possibile.

La Rina abitava con la sua famiglia (padre madre e una sorella) all'ultimo piano della scala piccola.

Aveva allora circa 40 anni e lavorava in un ufficio.

Tutti i giorni passava davanti al nostro "finestrino" e mai una volta che non ci salutasse. Anzi, una volta su due si fermava a scambiare due parole e a raccontarci le "ultime novità".

La Rina, quando non avevamo la TV, era la nostra tramite col mondo.

Era lei che ci raccontava se era successa una catastrofe, piuttosto che un fatto di sangue a Genova ecc., perché era sempre informatissima.

Ricordo alcuni episodi di emergenza quando la Rina accompagnò mio padre all'ospedale d'urgenza o quando durante l'alluvione del '70 io, terrorizzata dall'acqua che invece di fermarsi in cucina come al solito, saliva e invadeva tutto, mi accolse in casa sua e mi coccolò.

O quando un giorno io correvo impazzita giù per lo scalone a cercare soccorso (mio padre aveva avuto un collasso e io e la mia mamma non sapevamo che fare) e, incontrata la Rina, questa, con spirito e prontezza di riflessi, prese la Coramina e la somministrò a mio papà.

Spesso mi portava in giro in auto e mi regalava qualcosa; oppure se eravamo malati ci portava le crostate di frutta o le arance da spremere.

La Rina ora non abita più' li' ma è rimasta a Genova e ogni tanto la vado a trovare.

L'ultima volta che sono andata a trovarla nel "nostro" palazzo piangeva disperata perché doveva abbandonare la sua casa non potendo più salire molte rampe di scale, non essendoci, nella scala piccola, l'ascensore. Lei lì c'era nata e vi aveva passato la vita.

Io avevo cercato di consolarla ma non so se c'ero riuscita.

La Cornelia era la cameriera della casa della mia amica Susanna. Avevo sei anni e io e la mia famiglia conoscemmo questa Cornelia incontrandola all'uscita di scuola quando a volte lei veniva a prendere la Susanna.

Mio papà (era lui che mi portava e veniva a riprendermi da scuola) scambiava qualche parola quindi con lei in tali occasioni.

Fu così per due o tre anni.

Poi una sera d'inverno la Cornelia arrivò di corsa e piangente a casa nostra.

E aveva con sé una valigia.

Ci raccontò di essere stata licenziata in tronco dal papà della Susanna in quanto la Cornelia, persona molto curiosa, era andata a rovistare tra le cartelle cliniche (lui faceva il medico) ed aveva riferito certi risultati a una paziente.

Lei abitava con la sorella e il cognato in un'altra zona della città e quella sera non voleva informare tali parenti che era stata licenziata. Voleva dirglielo con più calma. E così ci lasciò in custodia la valigia. Rimase lì un po' di tempo, questa valigia, non avendo la Cornelia per molti giorni avuto il coraggio di dirglielo.

Poi venne a riprendersela e da allora cominciò a frequentare la nostra casa. I primi tempi i suoi discorsi erano sempre gli stessi, ovvero era furiosa col papà della Susanna. I miei le avevano subito detto che lei aveva agito male e non aveva giustificazioni. Ma lei continuava a infierire e loro ascoltavano. I miei prendevano di più le difese del papà della Susanna, essendo costui persona retta e irreprensibile oltreché nostro dottore della mutua di allora.

Ma la Cornelia non se la prendeva e poi piano piano trovò altri argomenti di conversazione.

Finché dopo qualche tempo la mia mamma si ammalò e dovette passare del tempo in ospedale. Mio papà aveva da fare oltre che con la portineria con altri lavoretti che aveva preso. Fu così che, mentre la mia mamma era in ospedale, la Cornelia per pochi soldi si trasferì a casa nostra per aiutarci nelle incombenze domestiche. Ricordo che cucinava, mi portava ai giardini, stava in portineria. E dormiva da noi. Ma, non essendoci una stanza per lei, dormiva nella stessa stanza di mio papà e mia mamma (dove all'epoca era sistemato anche il mio lettino).

Ricordo il freddo della stanza e l'imbarazzo e anche un po' di fastidio che provavo la sera, quando io, invece di andare nel mio lettino andavo nel letto grande con mio papà e la Cornelia stava nel mio lettino. Lei si spogliava velocemente sia per il freddo che per l'imbarazzo della presenza di mio padre.

Si andò avanti così finché la mia mamma non tornò a casa.

Questa Cornelia era molto brutta, come donna, fu forse una delle donne più brutte che io abbia mai visto. Mi dispiace dirlo, ma era proprio così.

Passato questo periodo, la Cornelia veniva a trovarci la domenica pomeriggio e spesso si lamentava della convivenza infelice con la sorella e il cognato. Sognava di andarsene ma non aveva denari. E non trovò più posti di lavoro. Per fortuna era già in pensione e questo era un po' più rassicurante per lei.

La cosa più curiosa di questa storia della Cornelia è che noi, all'infuori del nome, non le abbiamo mai chiesto né il cognome, né l'indirizzo dove abitasse, né i nomi dei suoi parenti. Sapevamo vagamente che abitava in una certa Via Torti.

Frequentò la nostra casa per una decina d'anni circa e poi un bel giorno sparì, così come era venuta.

Avevamo diviso con lei molte cose, un pezzo di strada di vita.

Eppure l'abbiamo vista scomparire così, un giorno come un altro, quando per l'ultima volta ci venne a trovare e ci salutò, con la mano, mentre andava via, in fondo alle scale dell'androne buio del palazzo. Non abbiamo saputo se fosse viva o morta, né allora né adesso. Avrebbe ora circa 90 anni. Spero che sia ancora in vita.

PARODI

Parodi era il cognome del direttore dell'ufficio che era al di là del muro della nostra cucina.

Lo chiamavano tutti così, senza il signore davanti.

Questo Parodi era un uomo dispotico e prepotente.

I suoi dipendenti erano terrorizzati e lo si sentiva spesso urlare. Ne parlavano malissimo e lo odiavano.

All'ora di pranzo, quando eravamo seduti a tavola, si sentivano spesso delle urla sovrumane. Era lui che bisticciava con una delle impiegate. Questa tizia era piccola e portava sempre certi occhiali neri. Era l'unica che si ribellava a Parodi, era l'unica che aveva il coraggio di contraddirlo e gli si parava a pochi centimetri dal corpo e lo mandava ancora di più su tutte le furie. Noi naturalmente non vedevamo la scena, essendo al di là del muro, ma sentivamo tutte le parole. La scena ci veniva poi raccontata dagli altri impiegati ed era buffo perché la cosa si ripeteva spesso e ricordo che io, mentre pranzavo, in tali occasioni, immaginavo da sola il tutto man mano che le parole arrivavano fino a noi e mi scappava da ridere. Ricordo poi che quando incontravo quest'uomo lo immaginavo sempre intento a inveire contro quell'impiegata piccola e nera che sapeva tenergli così testa, e mi scappava da ridere.

IL PARRUCCHIERE

Il parrucchiere arrivò nel palazzo, dove adatto' un vecchio ufficio a salone, poco dopo la mia prima comunione.

Ricordo che fece fare un negozio bellissimo, coi pavimenti lucidi che io e la mia amica Elisa andavamo di nascosto a vedere.

Spesso ci voleva tagliare i capelli, a me e alla mia mamma, ma io non volevo perché voleva fare sempre a modo suo e io, quando uscivo da lì, entravo in casa e mi disfacevo tutto da tanto non mi piacevano quelle pettinature!

In quegli anni, lui e la moglie, alla fine della settimana, mi regalavano le riviste che ormai le clienti non leggevano più e ricordo che per me era una gioia immensa. Mi sono sempre piaciute le riviste femminili in genere e quello era il più bel regalo che mi si potesse fare.

Quando io andai alle superiori il parrucchiere volle a tutti i costi che dessi ripetizioni alla figlia che faceva le medie. Io non ero affatto brava a scuola, però lui insistette tanto che accettai. La figlia era una ragazzina carina e simpatica e veniva volentieri a lezione da me. Io facevo il possibile per non deluderla e in effetti ci riuscii perché lui era molto soddisfatto delle lezioni e diceva che la figlia aveva fatto progressi. Diceva tutto lui e stabilì pure lui il prezzo di tali lezioni. Mi dava ogni volta delle cifre diverse che io prendevo senza dire nulla.

Ricordo, circa venti anni fa, che io andavo spesso a Genova a trovare i miei genitori.

Generalmente partivo col treno e capitava qualche volta che, arrivata alla stazione Principe, mi recassi direttamente nella "mia vecchia casa" e i miei mi aspettassero nel negozio del parrucchiere dove, se era il giorno stabilito, la mia mamma era andata a farsi pettinare. Mi sembrava di essere tornata indietro nel tempo, perché anziché tornare nella casa di Via Timavo, tornavo in quella della mia infanzia. Mi sembrava di tornare "a casa", e che i miei fossero un tutt'uno con quel luogo, come fossero una parte della costruzione. Era una sensazione bella e molto strana.

L'AVVOCATO

L'Avvocato aveva l'ufficio al quinto piano della scala grande.

E' l'avvocato che ha seguito la causa della mia mamma contro la sorella Anna e che tanto ci ha aiutato in quegli anni.

Se ne andò dal palazzo due anni prima di noi.

Tre anni dopo divenne il mio datore di lavoro essendo io andata a fare l'impiegata presso il suo nuovo studio.

Era, questo avvocato, molto bravo e stimato nella sua professione.

I suoi clienti lo amavano.

Era il loro paladino, il loro consigliere e, per alcuni, l'ultima spiaggia su cui approdare.

E' stato il mio datore di lavoro migliore, a volte severo a volte dolcissimo.

E' stato, ed è tuttora, un uomo straordinario.

In silenzio un giorno me ne sono andata.

Da lui, dallo studio, da Genova.

LA MIA MAMMA E LA SUA FAMIGLIA D'ORIGINE

LA MIA MAMMA

La mia mamma se n'è andata via due anni fa, per sempre.

In una luminosa giornata di maggio, il giorno dopo la data del suo compleanno. Era molto malata, ultimamente, e quel giorno di maggio si è svegliata dal suo lungo torpore, mi ha stretto la mano, ha aperto i suoi occhietti vispi, e poi ha fatto solo una piccola smorfia. Come fanno i bimbi. Io l'ho riempita di bacini e le ho detto che staremo sempre insieme, proprio mentre lei faceva quella sua strana smorfietta…

Mi è sembrato di consegnarla a qualcuno, quel giorno, e che era naturale che prima o poi anche lei se ne andasse via.

Io ho visto sempre e solo gente andare via. Quando non sono andata via io.

So che la mia mamma è al sicuro e sta bene. Spesso in questi due anni è venuta a trovarmi. Diventa di volta in volta un animaletto del bosco, il profumo delle rose che invade il luogo dove lei amava sedersi sempre a Calrise, un geranio che il giorno del suo anniversario si trasforma in rosa, il regalino dentro all'uovo di

Pasqua che ha il nome di un uccellino nero che a lei piaceva tanto.

So di averla lasciata in buone mani, e non piango mai di disperazione perché lei non c'è più. Perché lei c'è, è solo che a un certo punto della vita ho dovuto lasciarla andare via, per la sua strada, perché era giusto così. Non era una mia proprietà, la mia mammina, e doveva andare via. Io l'ho solo consegnata, in buone mani, quel giorno di maggio. Le ho dato un bacino, vicino all'occhietto piccolo, e ho sentito la pelle ghiacciata, come avessi dato un bacino a un gelato. Questo è l'ultimo ricordo terreno che ho di lei.

In questi ultimi anni, invece, la mia mamma era una vecchiettina di oltre ottant'anni e aveva la demenza senile. Era come una bambina, era molto bella, era diventata piccina e aveva due occhietti vispi e certe manine grassottelle.

Al mattino, quando andavo a casa sua, lei era molto contenta e io la riempivo di bacini. Lei rideva, a volte, con quelle sue manine, mi spingeva in là, diceva che le facevo il solletico coi capelli.

Del presente non ricordava più nulla. Ricordava il passato, di quando era molto giovane, tutto ambientato a Calrise. Parlava al presente di persone ormai defunte, come il Leo, le sue sorelle, le sue cugine o i suoi ex compagni di scuola. Io la assecondavo in questi discorsi, le dicevo le frasi che mancavano, quelle che completavano i racconti che lei mi aveva fatto mille volte, ed erano i racconti delle gesta di tutti costoro, gesta andate avanti per anni.

Lei allora era contenta e spesso rideva. Era sempre contenta, in genere, la mia mamma. Certe volte anche lei mi voleva dare un bacino, ma capitava raramente.

Passavamo il tempo insieme, noi due, mentre mio papà era fuori per le commissioni. Spesso giravamo per casa e lei mi dava la manina e mi chiedeva se la portavo fuori. D'inverno le mettevo il cappotto e il cappellino in testa, lei se lo aggiustava per bene e poi uscivamo. Le facevo fare pochi passi, perché non camminava tanto e poi tornavamo in casa. Spesso lei credeva di essere stata distante, magari anche a Calrise. Io la ascoltavo e la assecondavo, e insieme facevamo così viaggi fantastici. Non siamo mai state così vicine, prima, non abbiamo mai parlato tanto. Anche se questi discorsi per chi ci avesse ascoltato, non avrebbero avuto senso. Erano sconclusionati e irreali eppure mi piacevano tanto. Io sapevo che in quei discorsi, in realtà di sconclusionato c'era la demenza senile, per il resto la mia mamma parlava di Calrise, diceva le cose vere, io sapevo che quei discorsi non erano sconclusionati perché erano la sua vita, la sua vita e quella di tutti noi, che ci portiamo dentro, per sempre, e che neanche la malattia della demenza senile aveva saputo uccidere, per fortuna.

Quando la mia mamma si accorse di aspettare me si era da poco sposata.

La sua famiglia d'origine era composta da due sorelle, un cognato e parecchi nipoti essendo gli altri numerosi componenti morti in giovane età.

Ebbene, quando diede alla sorella Anna la notizia, questa, anziché rallegrarsi, disse che sarebbe stato un guaio dirlo al marito ovvero al cognato della mia mamma.

La mia mamma rimase molto male, perché lei nulla aveva a che fare col cognato al di là della parentela pura e semplice. In breve, questa sorella Anna aveva mal digerito il matrimonio della mia mamma e ora non riusciva a digerire il fatto che questa avesse un figlio, un erede che avrebbe quindi minato il "patrimonio" di famiglia.

In realtà l'eredita' era una casa di campagna con tre stanze senza acqua corrente, senza comodità (bagno, ecc.) e tutta da ristrutturare più due campi e alcuni boschi.

Tanto che questa zia accusò mio padre di non so bene cosa, in modo da rompere i rapporti di amicizia con mia mamma.

Mia mamma prese le difese di mio padre che, uscendo da casa di mia zia, minacciò che, se il figlio che doveva nascere avesse avuto delle menomazioni in seguito alle varie scenate susseguitesi in quel periodo, lui avrebbe denunciato tutti quanti ai carabinieri.

E da allora ogni rapporto cessò.

Io nacqui e nessuno venne a trovarmi.

Solo i parenti di mio papà.

Mia madre soffrì molto.

Col tempo iniziò una causa di divisione dei beni che finì in Tribunale.

Dopo parecchi anni il Giudice assegnò la casa di Calrise alla mia mamma, e il resto alle mie zie.

Avevo circa diciotto anni quando un giorno Anna bussò alla nostra porta per chiedere un consiglio alla mia mamma. La quale dopo lo sbigottimento iniziale la fece entrare in casa come niente fosse successo in tutto quel tempo.

Io conobbi tutti questi parenti compresi figli nipoti e pronipoti che nel frattempo erano nati, e da allora nessuno ha mai dato una spiegazione, un accenno a quei fatti.

Da allora ci si cominciò a frequentare piuttosto assiduamente, specialmente nel tempo libero, quando ci si scambiava visite nelle rispettive case o si andava in pizzeria tutti insieme.

Ora i miei zii sono morti da parecchi anni, e, non troppi anni fa, anche le mie cugine più prossime; e i rapporti cogli altri si sono ridotti ormai al nulla, per inerzia e lontananze varie.

I MIEI NONNI E ALTRI

La mia mamma nacque a Calrise, piccolo paese sull'appennino ligure.

Era la nona e ultima figlia.

La più grande si chiamava Augustina e aveva allora circa diciassette anni.

I miei nonni facevano i contadini e vivevano nella casa che prima era stata la stalla della casa di mio nonno.

Mio nonno aveva altri due fratelli e, sia lui, sia i fratelli, appena sposati, vivevano tutti, mogli e genitori compresi, in quattro stanze più cascina, senza servizi igienici, senza luce e senza acqua corrente.

Una delle mogli aveva gravi problemi e tare mentali per cui spesso minacciava di buttare qualche bimbo nel pozzo o spariva per giorni vagando nei boschi anche col cattivo tempo.

Gli uomini del luogo passavano giorni e notti a cercarla, finché un giorno, stremata da questa vita, in età giovane morì. Lasciò due figlie, Giusy ed Elena, cugine prime di mia mamma, che io conobbi.

Mia nonna, donna più intraprendente delle altre, e impaurita da questa cognata, andò a Genova a fare la balia per racimolare qualche soldo e trasformare la stalla in casa. E così fu. La famosa casa di Calrise nacque così. Allora c'erano solo una stanza da letto e una cucina. La terza camera fu aggiunta molti anni dopo.

Però mia nonna era contenta e, oltretutto, i suoi datori di lavoro la presero a benvolere e le regalarono tutto il mobilio consistente in letti in ferro battuto comò e lumi molto belli che tuttora abbiamo conservato a Calrise e che usiamo pure noi.

In questo posto vissero sempre e nacquero nove figli.

La mia mamma fu l'ultima. Quando era piccola ci fu l'epidemia di spagnola e rischiò di morire. Dissero che fu curata da una sorella maggiore che le somministrava brodi di galline che avevano in quantità.

Quando la mia mamma guarì, ci fu il battesimo.

E qui si apre uno dei capitoli che più hanno segnato le vite sia dei miei nonni che degli altri figli.

Fu designata come madrina la sorella più grande Augustina.

Questa Augustina partì poco prima con delle amiche del paese dicendo che sarebbe andata da una zia, (sorella di mia nonna), che viveva a Genova, per qualche tempo.

Quel qualche tempo da giorni si trasformò in mesi e poi in anni, perché in realtà questa mia zia svanì nel nulla per poi ricomparire ben tredici anni più tardi!

I miei nonni erano disperati, si rivolsero al Comune, al Segretario, al Prete.

Nessuno riuscì a ritrovare mia zia.

Qualcuno del paese che faceva il "corriere" disse di averla vista un giorno in una via del centro di Genova ma che questa, appena si accorse di lui, scappò velocemente.

Intanto diceva la mia mamma che mia nonna stava sempre a piangere e disperarsi anche perché le malelingue andavano dicendole che ormai tale Augustina o era morta o era finita in qualche casa di appuntamenti chissà dove. Il che per mia nonna era un dolore indicibile.

In realtà questa Augustina aveva conosciuto un uomo di un certo numero di anni più grande e aveva deciso di vivere con lui. Essendo lei minorenne ed essendoci all'epoca leggi molto severe in proposito, decise di sparire.

Quest'uomo era un uomo benestante, colto, insomma , un "signore".

Mia zia gli raccontò di essere orfana e un sacco di altre storie.

Diceva la mia mamma che tale Augustina fosse molto bella e che quest'uomo l'avesse sempre amata moltissimo.

Quando compì ventuno anni lui la sposò.

Mia zia sapeva a malapena leggere e scrivere, ma lui le fece tenere lezioni private e le diede un'istruzione.

Lei diventò benestante, viveva in un casa lussuosa, aveva addirittura in casa camerieri e autista. Ma continuava a mentire al marito il quale ormai non credeva che non avesse neppure un lontano parente e, incalzandola sempre di più, le fece raccontare la verità!

A quel punto mio zio scrisse ai miei nonni e chiese loro se se la fossero sentita di riaccogliere questa figlia.

I miei nonni avevano passato tredici anni di dolore oltre alle umiliazioni subite dalle chiacchiere dei paesani.

Diceva la mia mamma che mia nonna disse che lei non se la sentiva di perdonare una figlia che per tredici anni era sparita volontariamente, ma che lo avrebbe fatto anche per dare una lezione alle malelingue.

E così un giorno la mia mamma andò a casa da scuola e trovò una signora tutta elegante in cucina, e mia nonna che le disse: questa e' tua sorella Augustina.

Da allora iniziò per i miei nonni, la mia mamma e le sorelle un periodo migliore dal punto di vista economico.

Quest'uomo era molto buono e generoso, andava molto d'accordo coi miei nonni, e cercava di aiutarli economicamente.

Fu lui a far costruire la terza stanza in cima alla casa e ad essere un po' il loro benefattore.

Si arrivò così agli anni della seconda guerra mondiale alla fine della quale mio zio perse tutti i suoi beni, e poco dopo morì di crepacuore.

Mia zia rimase sola, e si stabilì in casa della sorella Anna, quella che bisticciò con la mia mamma e che impedì sempre, in quegli anni, alla sorella Augustina, di vederla.

Io l'ho conosciuta quando ero già grande.

L'anno dopo è morta lasciandomi in eredità un bracciale d'oro molto bello, segno degli antichi splendori.

Le ho voluto bene, per quel poco che l'ho conosciuta.

E conservo il suo bracciale in una scatola.

Non mi sento di indossarlo.

Non so perché.

LE ALTRE SORELLE DELLA MIA MAMMA

Le altre sorelle della mia mamma morirono tutte in età giovane.

Maria morì di pleurite a ventisei anni lasciando una bimba piccola morta a sua volta a diciotto anni in un bombardamento a Genova.

Lavava piatti in una mensa, aveva un marito sfaticato e aveva abortito più volte.

Mimma e Lucia morirono probabilmente di tubercolosi. La mia mamma non ne ha mai voluto parlare e io l'ho saputo recentemente da un vecchietto, suo amico d'infanzia, che ogni volta che torno a Calrise vado a cercare e salutare.

I fratelli maschi (di cui non so il nome) morirono uno a otto anni per un calcio nel naso datogli da un compagno di giochi che gli provocò un'infezione e l'altro a un anno perché fu tenuto dalla bisnonna a giocare in Gennaio sul balcone di casa e prese la polmonite.

L'altro figlio che manca ai nove, non so più che nome avesse, so soltanto che era una femmina.

MIO NONNO MENEGU

Mio nonno Menegu morì nel 1948, e io, nata parecchi anni dopo, purtroppo non lo conobbi direttamente.

Dicono fosse un uomo molto alto e magro, e che assomigliasse a San Giuseppe, così come lo vediamo noi raffigurato nei quadri della natività.

Era un contadino, amava la terra il suo paese di montagna la solitudine e camminare nei boschi.

Aveva un carattere accomodante e risoluto insieme, amava raccontare fiabe inventate al momento ai bambini ed aveva il senso dell'umorismo.

Metteva in pratica con molta spontaneità i principi del Vangelo come quello di venire incontro ai meno fortunati di lui.

Diceva la mia mamma che spesso il giorno di Natale girovagavano per le campagne innevate uomini senza tetto né riparo né cibo, e venivano a bussare alle porte delle case come nelle fiabe; e lui sempre li accoglieva in casa e divideva con loro il pranzo di Natale, anche se alla fine doveva bisticciare con mia nonna che non era molto d'accordo su queste accoglienze.

Quest'estate un vecchietto di Calrise che lo conobbe, mi ha raccontato che da piccolo, quando nevicava, mio nonno

Menegu lo chiamava e poi gli diceva che tutto quel bianco era zucchero e che se non faceva in fretta a raccoglierlo, si sarebbe trasformato in neve.

Aveva nove figli e la sua vita era parecchio impegnativa.

Quando mia nonna andava a Genova a balia, lui rimaneva al paese, solo, con la terra e i figli, entrambi da accudire.

Dopo qualche anno, i datori di lavoro di mia nonna che erano persone facoltose e molto buone, le dissero che sarebbe stata un'ottima soluzione per entrambi che lei si trasferisse a Genova coi figli e il marito. Avrebbero provveduto loro a trovare un buon lavoro a mio nonno e a dare un'istruzione a tutti quei figli che non avrebbero potuto frequentare per molto la scuola.

E, dulcis in fundo, le avrebbero addirittura regalato un appartamento a Genova, per tutta la famiglia!

A mia nonna sarebbe piaciuto molto.

Il nonno Menegu, che odiava il vento di tramontana che spesso spazza Genova ma, ancora di più, odiava il mare, a tutto quel ben di Dio rispose solo con una semplice frase: "mi finché au ma nu ghe discian ben nu ghe vagghu" (io finché al mare non gli dicono bene non ci vado). Da notare che mare in genovese è pronunciato alla stessa maniera di male e il nonno associava al mare il significato di male.

Il commento che venne tramandato di questo episodio fu che il nonno fosse uno scriteriato.

Solo io e la mia mamma gli abbiamo sempre dato ragione.

Io, genovese, che amo molto la mia città e il suo mare, dico però che il nonno Menegu è stato grande, perché ha difeso le cose che amava.

Lui continuò la sua vita di fatiche, continuò a camminare nei sentieri di montagna, spesso camminava giorni e giorni per arrivare in città a vendere i prodotti della terra, attraversava l'appennino, saliva, scendeva, e poi tornava a casa.

Amava la sua terra, le piantine, i fiori. Quelli come mio nonno gli parlano, con le piante, con gli alberi, e quando camminano per le strade ora asfaltate, dove passano per fortuna poche automobili, guardano in lontananza i campi, i boschi...Ognuno ha un nome, e loro fanno commenti sul loro stato di salute, come fossero persone. Anch'io da piccola ho imparato a fare così dalla mia mamma. Lei camminava per le strade e mi descriveva da un anno con l'altro lo stato di salute delle piante, dei peschi, degli albicocchi, degli alberi, dei campi coltivati...

Alcuni all'epoca stavano andando in rovina, erano gli anni dell'abbandono delle terre, per rincorrere la vita di fabbrica, il consumismo, le cose finte. La mia mamma ne era addolorata; era in quei momenti che mi raccontava del nonno Menegu ed era quasi contenta che non ci fosse più, perché in questo modo non doveva assistere a quel massacro, che, per uno come lui sarebbe stato insopportabile.

Mio nonno un giorno, nel 1948, andò a lavorare nel campo, come faceva ogni giorno. Faceva caldo e lui, dopo aver mangiato qualcosa portato da casa, si addormentò sotto una pianta. Si ammalò la sera stessa. Prese la broncopolmonite doppia, appena pochi mesi prima che inventassero il vaccino.

Morì dopo tre giorni.

I suoi campi la mia mamma li ha difesi sempre con le unghie e coi denti. Voleva che fossero sempre belli e coltivati come li sapeva coltivare lui. Ma un giorno ha dovuto arrendersi.

Col tempo sono diventati terre incolte.

E oggi, a distanza di anni, ci ha pensato la natura a ridar loro bellezza! Sono diventati degli splendidi boschi. I boschi dell'appennino.

I boschi del nonno Menegu, che tanto amava camminarci dentro.

Ora ci cammino io.

GLI ALTRI PARENTI

IL LEO E LA VERA

A Calrise ci sono stati parecchi cugini che però ormai sono quasi tutti morti.

La mia mamma, fin da quando io ero piccola, mi raccontava le vicende e le gesta di tutte queste persone.

E io è come se fossi stata lì con loro, anche se all'epoca dei fatti raccontati non ero nata.

Ho fatto però in tempo a conoscerli tutti.

L'unica rimasta è la Vera, una vecchiettina carina di ottantacinque anni, ancora molto in gamba, che moltissimi anni fa aveva sposato un certo Leo, cugino di mia mamma.

Questo Leo era un uomo violento e dispotico anche se in fin dei conti io credo che in fondo al cuore nascondesse una bontà pura.

Faceva il contadino, aveva i buoi, le pecore, i maiali e un certo numero di galline e conigli.

Lui non moriva dalla voglia di lavorare e molto del suo lavoro lo svolgeva la Vera.

Lei era un mulo da lavoro.

Vivevano in una casa senza acqua corrente, né servizi igienici, questo fino agli anni 70.

Quando io avevo circa un anno (i miei primi due anni di vita infatti li ho passati a Calrise con la mia mamma perché i miei erano senza casa) scoppiò come al solito una lite per futili motivi tra il Leo e la Vera.

La Vera, in un momento di rabbia, picchiò le pinze di ferro della stufa in testa al Leo, procurandogli una ferita abbastanza seria e facendolo incattivire irrimediabilmente.

La Vera si rifugiò in casa nostra, dove rimase segregata una settimana. Il Leo, ripresosi in fretta, veniva a bussare continuamente dicendo alla mia mamma che se non avesse aperto la porta avrebbe preso il fucile da caccia e fatto una strage.

La mia mamma lo minacciava a sua volta di farlo rinchiudere in prigione e mi lasciava me piccola in custodia alla Vera quando andava a fare la spesa. Nel frattempo la mia mamma si era accordata con un uomo del paese che pesava circa cento chili ed aveva una forza inaudita, di venire a rabbonire il Leo nel frattempo in cui poi la Vera sarebbe tornata a casa.

Infatti la Vera tornò a casa dopo una settimana, ma per un bel po' in casa con loro dormì questo uomo, Ciro, il quale riuscì a farli riappacificare.

La vita poi riprese normale.

Noi, quando io ebbi due anni, andammo a Genova in portineria ma ogni estate tornavamo a Calrise e ogni estate il Leo e la Vera bisticciavano tutti i giorni furiosamente; la Vera veniva umiliata sempre con le stesse parole, che oltretutto, vivendo in queste case attaccate l'una all'altra, con le finestre aperte, venivano udite da tutti.

La mia mamma ogni tanto urlava al Leo di smetterla e via così.

Fino a quando per motivi di vicinato la mia mamma bisticciò furiosamente con lui tanto da interrompere i rapporti sia con lui che con la Vera e i figli per oltre dieci anni.

Era penoso andare a Calrise e non rivolgersi più la parola. Io ci soffrii molto.

Poi un bel giorno si sposò Francesco, uno dei figli, e ci portò i confetti. Allora la mia mamma comprò un regalo e glielo diede.

E da allora i rapporti ripresero normalmente.

In questi ultimi anni Leo è morto.

Spesso, ai tempi della malattia della mia mamma, sorprendevo la Vera che la guardava con amore e la aiutava.

Io voglio molto bene a questa Vera, anche se non gliel'ho mai detto.

Calrise senza la Vera non sarebbe mai più Calrise.

La Elena era cugina di mia mamma. Morì oltre vent'anni fa.

Io ero molto affezionata a questa Elena; tant'è che d'estate passavo molte ore a guardare le cose che faceva, tipo accudire l'orto, curare la tartaruga, raccontare fatti della sua tormentata vita.

Era, questa Elena, una donna molto amata dai bambini. Lei sapeva intrattenere i bambini con una maniera che non saprei definire, ma che incantava.

Era, questa donna, figlia di quella cognata di mia nonna di cui parlo prima, e cioè quella che morì in età giovane, vittima probabile della pazzia.

La Elena a dodici anni andò a Genova a servizio e lì rimase fino a quando ebbe circa sessant'anni, quando si trasferì ormai in pensione, a Calrise in una parte di casa che condivideva col Leo e la Vera, senza servizi igienici , senza luce e senz'acqua e dove i litigi per le più elementari norme di convivenza col Leo erano all'ordine del giorno.

La Elena si sposò a trent'anni con un uomo che all'epoca faceva il cuoco negli alberghi. Costui, diceva la mia mamma, spesso spariva per mesi e mesi, dicendo che andava a fare le stagioni e poi, senza aver dato notizie di sé, ricompariva. La Elena dopo aver versato tutte le sue lacrime, lo riaccoglieva fino alla prossima partenza.

Fino al giorno in cui, intorno agli anni sessanta, la Elena bussò una notte alla porta di mia zia Anna dicendo di correre da lei perché Bruno (questo era il suo nome) stava spaccando il marmo del comò ed altre suppellettili della camera in subaffitto a Genova dove vivevano.

Mio zio capì la situazione anche da precedenti fatti capitati prima, e chiamò gli infermieri del manicomio.

Si seppe poi che quest'uomo anche prima del matrimonio era stato in manicomio. Ci tornò diverse volte, da allora, e, dopo pochi giorni dalla mia prima comunione, lui morì a Quarto, il manicomio di Genova.

La Elena sola e disperata si stabilì a Calrise e fu allora che passammo le estati in compagnia di cui parlavo prima.

LA GIUSY

La Giusy era la sorella della Elena. Era partita anche lei da Calrise in età giovane per andare a Genova a servizio.

Lì è rimasta sempre, salvo tornare a Calrise negli ultimissimi anni di vita, in casa con la sorella Elena dove morì pure lei circa vent'anni fa.

Questa Giusy era una persona molto strana. Lei non parlava mai, non ti rispondeva neppure se gli rivolgevi la parola. Qualche volta la mia mamma la invitava a pranzo la domenica. La Giusy si sedeva tranquilla a tavola, però non parlava mai. Teneva la testa bassa e spesso bisbigliava tra sé e sé. Qualche volta quei bisbiglii erano bestemmie.

Aveva certe mani gonfie, lavorava all'epoca come sguattera nelle cucine di un hotel di ultim'ordine. Spesso bisticciava, diceva lei, col proprietario e gli tirava addosso oggetti della cucina. Però non la licenziavano perché era un mulo da lavoro.

Un giorno venne da noi dicendo che l'hotel aveva chiuso o qualcosa del genere e non le avevano dato la liquidazione. Mio papà la portò al sindacato e lei, analfabeta, si affidava ciecamente a lui. Il sindacato riuscì a farle avere tutta la liquidazione e quella fu una delle poche volte in cui disse

qualche parola in più e le brillavano gli occhi mentre ci
guardava.

LA CUGINA MARIA

La cugina Maria non fa parte dei parenti di Calrise pur essendo cugina prima di mia mamma e originaria anch'essa di lì.

Infatti lei era figlia di una sorella di mio nonno che si sposò in età molto giovane e lasciò Calrise per stabilirsi a Casella, grosso centro vicino a Genova.

Noi a Genova frequentammo molto questa cugina.

La chiamavamo la cugina Maria, avamponendo sempre il termine cugina al nome, quando si parlava di lei. Non so bene perché.

Era questa Maria, morta ormai molti anni fa, una donna buonissima.

Ha passato pure lei tutta la vita a servizio a Genova.

Aveva tre sorelle e due fratelli, coi quali però noi ci si vedeva raramente, e di cui ho quindi pochissimi ricordi.

Questa Maria ha sempre aiutato economicamente, in particolar modo, una sorella che viveva lontano, aveva molti figli ed era sempre nella miseria più nera.

Diceva la mia mamma che spesso la Maria prendeva lo stipendio, lo imbustava e lo spediva direttamente alla sorella.

Quando io ero piccola, la mia mamma dovette essere operata e finì in ospedale.

La Maria veniva tutti i giorni a trovarla, mi portava i budini per me e mi lavava i grembiulini di scuola.

Questa Maria si sposò intorno ai cinquant'anni con un uomo più grande di lei che aspettava ormai da anni.

Lei si innamorò infatti, molti anni prima, di lui. Però costui oltre che con lei aveva anche un'altra relazione che non riusciva a troncare.

Spesso la Maria sapeva che lui era dall'altra e prendeva i permessi per uscire con quest'uomo nei giorni che sapeva l'altra essere impegnata.

Questa storia andò avanti anni, l'altra minacciava Pietro che se avesse sposato Maria lei sarebbe andata in chiesa e avrebbe fatto il finimondo.

Lui ebbe sempre paura di questa donna, tanto che sposò la Maria solo dopo che questa tizia morì in età ancora giovane.

Queste cose le diceva la mia mamma, perché Maria mai la sentivo parlare di ciò.

Lei adorava quest'uomo e capitava spesso di cogliere, quando erano insieme, degli sguardi, che lei gli rivolgeva, che sapevano parlare più di qualsiasi parola.

Lo amò intensamente, fino a quando lui morì.

LO ZIO DI PEGLI

Lo zio di Pegli era il fratello di mia nonna, la mamma di mia mamma.

Andò via dal paese a otto anni.

Andò a Genova Pegli a fare il garzone e lì rimase per sempre fino a circa 95 anni.

Io l'ho conosciuto quando all'incirca aveva 80 anni, all'epoca della mia prima comunione quando con la mia mamma gli portammo i confetti.

Aveva sposato una donna di Pegli, la quale in tutta la sua vita non si era mai allontanata da lì, neppure per una gita di un giorno!

Lui era un camminatore, amante della montagna, e spesso la mia mamma raccontava che lo vedevano arrivare a Calrise a piedi, dopo aver passato l'Appennino, e aver camminato più notti e giorni.

Ebbe, questo zio, tre figli, Maria, Andrea e Angelo, che morirono in giovane età lasciando marito mogli e figli che, negli anni 60 si trasferirono al Sud dove penso vivano tuttora. Per questo di loro non so nulla e non ho ricordi.

Lo zio assomigliava a Garibaldi e spesso posava per dei pittori che lo ritraevano in tale veste.

Lui era molto orgoglioso di ciò e ne parlava contento.

Ricordo che spesso lo andavamo a trovare a Pegli, dove lui ultimamente era in un istituto.

Era un uomo molto orgoglioso e assomigliava davvero a Garibaldi!

Morì circa 30 anni fa.

LA ZIA DI IMPERIA

La zia di Imperia, Elide, era sorella di mia nonna. In giovanissima età si sposò con un uomo di Napoli che faceva il sottufficiale ed era sempre in città diverse. La loro base era a Imperia.

Diceva la mia mamma che ci furono periodi in cui tale zia scriveva continuamente a mia nonna, mandandole foto e notizie.

E poi c'erano lunghissimi periodi in cui non se ne sapeva più nulla. Tale zia morì prima che io nascessi e lasciò tre figli.

Un maschio di nome Stefano che ora vive in Toscana e due sorelle di nome Caterina e Laura che vivono a Imperia.

Io ne ho sempre sentito parlare e basta, finché un giorno di circa 15 anni fa un'estate vennero a Calrise Caterina e suo figlio Luca e ricominciammo da allora a risentirci.

Poco tempo dopo andammo a Imperia a conoscere anche il resto della famiglia di Caterina, la sorella Laura e la sua famiglia e, da allora, ogni Natale e Pasqua ci si sente per gli auguri.

L'ultima volta che ho rivisto Caterina e Luca purtroppo è stato al funerale della mia mamma. Nonostante la circostanza mi ha fatto molto piacere vederli, ho capito che anche questo legame che sembrava lontanissimo in realtà è vivo e nei momenti importanti è lì con te.

LA CUGINA VIOLA

La Viola era la sorella della cugina Maria e di lei ho sentito solo parlare.

Infatti in giovane età fu ricoverata in manicomio e lì rimase fino alla fine dei suoi giorni.

La Maria andava a trovarla ogni settimana e qualche volta la mia mamma andava con lei.

Ricordo che la mia mamma tornava da quelle visite molto scossa e spesso le compagne di tale Viola le parlavano a lungo e lei si sgomentava senza poter far nulla.

La Viola purtroppo ripresentò sempre le sue crisi e non uscì mai più da lì.

LA FAMIGLIA DI MIO PAPA'

IL MIO PAPA'

Mio papà nacque in un piccolo paese in provincia di Asti.

In realtà le origini della famiglia non sono molto chiare e documentate, ma vanno ricercate in un piccolo paese sperduto sui monti dell'Appennino Ligure, non lontanissimo da Genova, da dove pare giungessero a piedi persone un po' da tutte le parti che, arrivate a Genova con navi di fortuna, cercavano di emigrare verso l'interno, raggiungendo appunto questo luogo, dove non c'era lavoro, che fungeva un po' da appoggio temporaneo, e da dove poi costoro decidevano il tragitto da fare per trovare una sistemazione un pò più definitiva.

I miei nonni si spostarono nell'astigiano, vivevano insieme ad altri fratelli e cognate e insieme affittavano le cascine dove andavano a lavorare finché il proprietario non li cacciasse via o dove da sé decidevano di andarsene via.

Facevano insomma una vita errante, tutti insieme.

Finché, quando nacque mio papà, i miei nonni si divisero dagli altri e si trasferirono in un paese in Liguria, dove mio padre fu portato all'età di due mesi e dove rimasero sempre.

Lì rilevarono una osteria che gli dava appena di che campare, e che poi fallì.

Intanto era nata la sorella di mio papà, Bianca.

Mia nonna morì a 45 anni, quando mio papà ne aveva 15 e lavorava come garzone in una fabbrica.

Mio nonno, reduce dalla prima guerra mondiale, era minato inesorabilmente nel fisico dalla guerra e morì quando mio papà ebbe 20 anni e partì a sua volta per la seconda guerra mondiale, dove rimase per cinque anni!

Mio padre non ha mai raccontato molto della sua vita, non, credo io, perché non lo volesse fare, ma perché non aveva molto da raccontare.

Non so che pensieri avessero i miei nonni, le loro sofferenze, i loro guai.

Le giornate probabilmente passavano tutte uguali e non ci furono episodi rilevanti come nella vita degli altri nonni.

Mio padre parla molto della guerra, del periodo militare, delle azioni di guerra e dei suoi compagni.

E poi del ritorno a casa, quando non trovò più la casa perché nessuno aveva più pagato l'affitto e neppure i mobili perché qualcuno se li era presi.

Sua sorella, mentre lui era in guerra, fu affidata a certi zii dell'Astigiano, dove doveva occuparsi di lavori nei campi molto duri e faticosi.

Conobbe poi un uomo più grande di lei che sposò, trasferendosi in un paese vicino, dove rimase fino a quando morì.

Mio papà si trasferì a Genova, dove la cugina Sofia gli procurò un posto di cameriere e dove, perfezionatosi sempre di più in questo mestiere presso le case nobili di questa città, lavorò fino a quando nacqui io e dovette, dopo i due anni che io e la mia mamma passammo a Calrise, abbandonare tale attività perché era senza casa e solo una portineria poteva garantirgli lavoro e casa insieme.

Fu così che arrivammo in questo grande e bellissimo palazzo cinquecentesco.

Nell'infanzia e nell'adolescenza questa zia era l'unica che avevo, vista la situazione delle altre zie.

Io le ero affezionata anche se la vedevo solo una volta l'anno.

Lei viveva infatti in provincia di Asti, insieme al marito e ai tre figli Nina, Roby e Lina.

C'era un tacito accordo per cui l'ultimo giorno dell'anno mia zia Bianca veniva, con, a turno, ogni anno, un figlio, a trovarci. Arrivava al mattino presto ed era sempre tutta infagottata. In queste sue visite era molto allegra ed era felice di venire a Genova.

Quando ero molto piccola venivano con lei o Roby o Nina e poi, dalle elementari in poi, Lina, che era la figlia più piccola, mia coetanea.

Lei era una bimbetta bionda, taciturna, con delle lunghe trecce sempre arruffate perché, diceva Bianca, non voleva essere pettinata. Noi due passavamo la giornata a giocare tra di noi, oppure mio papà ci portava in giro per Genova, spesso a una lotteria che nei giorni di Natale si teneva presso la Croce Rossa del Centro Storico.

Io, ricordo, aspettavo con mesi di anticipo questa visita di

Bianca e Lina. Alla fine contavo i giorni uno ad uno e spesso la notte prima del loro arrivo non riuscivo a dormire per la gioia.

Ma la giornata era breve e ricordo la infinita malinconia che provavo alla loro partenza.

Di solito alla stazione le accompagnava soltanto mio papà e così io le vedevo sparire tutte infagottate lungo l'androne buio del palazzo. Le avrei riviste solo l'anno dopo!

Mia zia Bianca morì un mese dopo il mio matrimonio e il marito circa quattro anni dopo.

Mio cugino Roby vive a Torino, ha una moglie, Rita, e un figlio ormai adulto, Silvio.

La Nina emigrò in Francia molti anni fa, ha un marito, Louis, e una figlia, Juliette, che è ora in procinto di sposarsi mentre Lina è rimasta in zona, ha un marito, Pietro, e un figlio di 18 anni che si chiama Lucio.

Quando sono insieme a Nina, Roby e Lina per qualche ricorrenza importante, provo una strana sensazione di legame con loro; forse ci si riferisce a questo quando si parla di legami di sangue che non si spezzano mai.

Mi sembra che, al di là dei nostri caratteri e vite, ci sia qualcosa più forte di noi che ci unisce a dispetto di qualunque cosa, e questo è molto bello.

SAVERIO

Saverio ha parecchi anni di meno di mio papà ed è suo cugino.

Ha sempre abitato dalle parti dell'Astigiano insieme alla moglie due figli e una bellissima nonnina, che era poi la nostra zia, molto anziana, ma vispa e cara. Era la sorella di mia nonna.

Ricordo, quando ero piccola, che a Natale si scrivevano a lui e famiglia delle bellissime cartoline col presepe o Babbo Natale o la neve che scendeva fitta fitta. Le scrivevo io, in genere, quelle cartoline, e siccome quell'indirizzo e il nome dei luoghi mi erano del tutto sconosciuti, chiedevo sempre dov'erano e quando ci saremmo andati.

Passò molto tempo, viste le poche possibilità che all'epoca avevamo tutti di spostarci, prima che ci andassimo. Ricordo che ero ragazzina quando per la prima volta vidi lui e la sua famiglia. Era estate, e la loro bellissima casa era al centro di una campagna rigogliosa, piena di papaveri rossi e grano maturo.

Mi piacquero subito, queste persone, e in modo particolare, mi piacquero i figli.

Erano due bimbi ancora piuttosto piccoli, anche se parlavano già bene. Ci fecero una accoglienza straordinaria, si vedeva nei loro occhi la felicità di conoscerci e farci stare lì con loro, anche se non ci avevano mai visti. Ci spiegò poi la loro mamma che questi bimbi amavano molto le persone che andavano lì, e che, quando capivano che gli ospiti stavano per accomiatarsi, loro andavano alla porta di ingresso, e cercavano sempre qualche stratagemma per impedire che questa si aprisse e far così in modo che le persone rimanessero bloccate in casa loro.

Questa cosa, nonostante io fossi ancora molto giovane, mi colpì moltissimo, e fece sì che la simpatia istantanea che avevo provato per questi bambini, aumentò a dismisura.

Oggi sono uomini meravigliosi, hanno due belle famiglie e figli stupendi.

La nonnina morì molti anni fa, il giorno dopo carnevale, per vecchiaia, dopo aver fatto le frittelle per i suoi adorati pro nipotini.

La moglie di Saverio morì qualche anno fa ancora in giovane età e Saverio, oggi che mio papà è ritornato a vivere vicino a lui, lo va a trovare tutte le domeniche e gli fa molta compagnia.

Saverio è un uomo che definire buono è troppo poco. E' una persona retta, seria, uno di quelli che con una stretta di mano, non si rimangerà mai la parola data.

E' di una generosità infinita, ed è un uomo molto schivo, che non vuole farsi vanto delle tante opere buone che ha fatto e che continua a fare. Al suo paese è amato da tutti, e anche fuori.

Mio papà, fin da piccola, mi ha sempre raccontato che se non fosse stato per la generosità della mamma di Saverio e sua (il papà morì prima che lui nascesse), che all'epoca era poco più di un bambino, mio papà forse sarebbe stato ucciso in tempo di guerra quando lui, disertore, venne accolto da questa donna, sua cugina, vedova e con un figlio piccolo, in casa sua. Ogni giorno rischiavano la vita tutti, per salvare mio papà.

Non ci sono parole per commentare questi fatti, antichi e attuali, circa la persona che è Saverio. Quando lo incontro, quando vado a trovare mio papà, vorrei dirgli tante cose, ma non riesco mai a dirgli nulla, anche se il mio cuore gli parlerà sempre, e non dimenticherà mai...

Come mio papà, che non dimenticò mai, e mai dimenticherà...

LA SOFIA E LA VALERIA

La Sofia era una cugina di mio papà di terzo grado o giù di lì.

Però erano molto affiatati e fu proprio questa cugina a procurargli il suo primo lavoro da cameriere.

La Valeria è sua figlia, nonché mia madrina di battesimo.

Nella mia infanzia la Sofia veniva spesso a casa nostra e spesso la mia mamma le confidava le sue pene riguardo ai fatti con le sorelle.

Lei la consolava ed essendo molto buona le diceva sempre delle parole rassicuranti.

Quando mia mamma si ammalava e finiva in ospedale la Sofia, con la cugina Maria e la Cornelia, si prendeva cura di me, mi portava a casa sua e mi faceva dei bagnetti in una bellissima vasca con tutte le piastrelline rosa intorno. Poi mi teneva qualche giorno con sé e dopo mi riportava da mio papà.

La Valeria, sua figlia, era sempre al lavoro e dal fidanzato.

Poi la Valeria si sposò, ebbe una bimba e andarono a vivere tutti insieme.

Negli anni a venire ci frequentammo di meno, probabilmente per il poco tempo che la Valeria e il marito ebbero a disposizione e anche perché si trasferirono in una zona più lontana da noi.

Da quando lasciai Genova, li vidi pochissimo.

Negli ultimi anni è venuto a mancare ancora in giovane età il marito della Valeria, e subito dopo, la Sofia.

Ci siamo rivisti con la Valeria e sua figlia Vicky subito dopo queste tristi circostanze e poi in questi ultimi anni qualche rara volta, ripromettendoci sempre comunque di farlo appena possibile...

LA FRANCESCA

La Francesca, nella mia infanzia, era una bambina vestita di bianco.

Così infatti la ritraeva la foto della sua prima comunione che la sua mamma ci aveva spedito e che la mia aveva incollato con cura sul nostro album delle foto.

Ogni volta che lo si apriva i miei si intristivano e mi raccontavano che questa cuginetta era rimasta orfana di madre non troppo tempo dopo aver fatto quella foto e pure orfana di padre qualche anno più tardi. E proseguivano poi nel racconto sgomentandosi nel dire che questa bimba era ora affidata alle cure di una matrigna che noi non conoscevamo e che era pure distante, vivendo dalle parti di Sanremo.

Si informavano di lei quasi ogni volta che parlavano con la cugina Sofia la quale ogni volta via via li informava dicendo loro che la matrigna si era rivelata una persona molto per bene e che la bambina era amata e cresceva serena.

Purtroppo noi non avemmo mai occasione di andare lì, e qualche anno più tardi si seppe che pure la matrigna era morta.

Per fortuna ora la Francesca era grande, e quasi subito, ci disse la Sofia, si sposò ed ebbe una figlia.

A quel punto cessò nei miei quella specie di ansia nei discorsi ogni qualvolta si parlava di lei.

Avemmo notizie abbastanza frammentarie negli anni di lei e della sua famiglia dalla Sofia e dalla Valeria, finché non molti anni fa mio papà stabilì, tramite la Valeria, un contatto telefonico con lei. Da allora cominciammo a sentirci ogni tanto e finalmente qualche anno fa ci si incontrò a casa della Valeria.

Fu molto bello, ritrovammo la Francesca e suo marito, in una bella giornata di sole, e fu come se ci conoscessimo da sempre.

Dato le distanze, purtroppo non ci possiamo incontrare come si vorrebbe, però ci sentiamo spesso al telefono, e riannodiamo così un altro di quei legami che non hanno nome, ma che non ci ha abbandonato mai, nemmeno quando io ero piccola e vedevo la Francesca in quella fotografia in bianco e nero che ancora è lì, nell'album di famiglia, insieme a quelle che ora la Francesca ci ha regalato e che mi fanno compagnia quando le guardo...

Ilaria è una cugina di mio papa' di cui lui ha sempre parlato moltissimo, anche se io la vidi una volta soltanto, il giorno della mia Prima Comunione.

Ogni tanto quando guardavo le foto, la ritrovavo sempre li,' sull'album, con un bel tailleur chiaro, sorridente e bellissima.

Era molto giovane, all'epoca, credo che avesse appena iniziato l'università'.

Col tempo, mio papa' non smise mai di parlare di lei e della sua famiglia, ma i rapporti con lei cessarono, non per bisticci o cose del genere, ma perché, nella nostra vita, e forse anche in quella degli altri, a volte le cose vanno cosi'.

Gli anni passarono, ne passarono moltissimi, e quando mio padre si trasferì a vivere vicino al paese dove è nato, lui cercò il suo nome sull'elenco telefonico e la ritrovo'.

Fu cosi' che Ilaria gli raccontò di aver vissuto la sua vita in molte città diverse, avendo scelto di fare l'insegnante di Lettere.

Una delle volte che io andai a trovarlo, lui me la presentò e finalmente potemmo rivederci e, in pratica, conoscerci.

E' ancora una donna bellissima, ed è meraviglioso il fatto che Ilaria sia una persona buona, generosa, allegra, e che da quando ha ritrovato mio padre, vada molto spesso a trovarlo e a fargli compagnia.

Ogni tanto lo porta a pranzo a casa sua, regalandogli una gioia infinita.

Un giorno d'inverno dell'anno scorso, giorno in cui mio papà è nato, organizzai una grande festa in un ristorante, con tutti questi parenti insieme, e fu bellissimo ritrovarli noi, e farli ritrovare tra di loro.

Quando penso alla famiglia di mio papa' non posso fare a meno di constatare quanto questa famiglia enorme, nella maggior parte dei suoi purtroppo pochi componenti ancora in vita, abbia, (al contrario, purtroppo, di quella della mia mamma), dentro di sé dei legami fortissimi, che hanno resistito al tempo, all'usura, alla lontananza, alle avversità della vita, e al momento del bisogno per magia si ritrovi, si aiuti, esista, sia viva.

Ilaria ora è mia.

Vorrei recuperare con lei il tempo perduto, le voglio bene.

LO ZIO FILIPPO

Lo zio Filippo era fratello di mia nonna, la mamma di mio papà.

Era un uomo molto alto, con un bel portamento, sempre elegante, una bella persona dentro e fuori, che da giovane ha fatto strage di cuori.

Ha sempre fatto, di mestiere, il mediatore di bestiame; per il resto passava il suo tempo a giocare d'azzardo e spesso perdeva tutto.

Lui viveva a Mongardino, nell'Astigiano.

In tarda età sposò la zia Carmela, una bella donna che veniva dalla Sicilia, paziente e buona, che gli preparava meravigliosi pranzetti.

Poi la zia Carmela morì e lui rimase di nuovo solo.

Era un uomo molto generoso e caparbio.

Ricordo che, quando io e la Lina andavamo a Mongardino, se lo si incontrava per strada, ci voleva sempre offrire il gelato, anche se noi non ne avevamo voglia.

Se non andavamo al bar, lui si offendeva e comunque ci voleva sempre regalare qualche soldo.

Spesso mi capitava, negli anni a venire, di passare da lì, anche da sola; e mi bastava entrare in un certo bar per sapere se stesse bene e per salutarlo.

Lui era sempre lì, che giocava o passava la giornata coi suoi amici.

Anche negli ultimi anni.

Questa cosa mi divertiva molto e non passavo mai da Mongardino senza prima aver guardato in quel bar.

Morì circa vent'anni fa, molto anziano, e ora passare da lì mi fa molta malinconia.

Oltre a questi parenti mio padre ha altri innumerevoli parenti sparsi per il mondo di cui lui a volte parla ma che spesso neppure lui ha mai visto e che sono, ormai, probabilmente, in buona parte defunti.

Ci sono poi parenti sparsi nelle campagne dell'astigiano che ho visto poche volte e di cui non ho ricordi.

C'è poi un racconto pieno di mistero che riguarda due zii di mio padre, fratelli di sua madre, che partirono a breve distanza l'uno dall'altro per Buenos Aires.

Il primo partì per cercare l'eredità di un parente della moglie.

Arrivò in Argentina, scrisse a casa per parecchi mesi e poi non si ebbero più notizie.

Allora l'altro fratello, anch'egli sposato e con figli, partì alla ricerca del fratello.

Lo trovò e insieme scrissero di stare bene, di far avere altre notizie e andarono avanti così per un po'.

Poi non scrissero più né l'uno né l'altro e mai più tornarono.

Furono inghiottiti dall'Argentina e lasciarono due mogli e parecchi figli orfani.

LINDA

Linda era cugina di mio papà, viveva a Genova insieme al marito e a due figlie, Deborah e Tiziana.

La domenica spesso io e mio papà andavamo da loro.

Poi, quando negli anni 70, la portineria poté essere chiusa per l'intera domenica, anche la mia mamma veniva con noi.

Passavamo da loro delle bellissime domeniche; spesso la sera si cenava là e dopo si ballava tutti insieme! Erano persone allegre e di compagnia!

Linda era una bella donna mora, sempre prodiga di consigli e sempre pronta, con la sua famiglia, ad aiutare gli altri.

Era poi, questa Linda, una donna molto retta e rispettosa delle idee altrui.

Lei aveva idee molto chiare sulle cose, ma aveva anche molto rispetto delle idee degli altri.

Il marito Lucio era un uomo buonissimo; era un uomo semplice, che amava la compagnia e camminare in montagna.

Purtroppo mori' molto giovane.

La Deborah è la figlia più grande; ha qualche anno meno di me e, specialmente negli ultimi anni in cui io rimasi a Genova, uscivamo insieme noi due o in compagnia di altri ragazzi, la domenica.

Eravamo anche molto amiche e ci confidavamo i nostri segreti.

Poi io mi sposai e lei pure, l'anno dopo di me.

Quasi subito si sposo' pure la Tiziana e subito dopo ci perdemmo di vista per un po'; poi ci ritrovammo e ci affiatammo tutti, le mie cugine io e i rispettivi mariti.

Ci ripromettemmo di passare tante belle domeniche insieme e invece, tre anni dopo, il marito di Deborah morì, giovanissimo, pochi mesi prima della Linda.

Spesso ci scambiavamo, quando ci si vedeva, dei piccoli regali e, nei tempi in cui si rimaneva lontane, questi regali mi facevano compagnia e sapevo che loro c'erano.

Ancora adesso, a Natale, ci inviamo per posta il nostro regalo, anche se vedersi è quasi impossibile...

CALRISE

GLI ABITANTI DI CARLISE

Gli abitanti di Calrise sono gli stessi, da sempre.

Hanno gli stessi visi, la stessa voce, le stesse caratteristiche.

Sono pochi, saranno un centinaio in tutto, forse meno.

Passo lunghi periodi senza andare lì, mesi e mesi, una volta sono passati addirittura due anni di fila.

Eppure loro sono sempre lì, uguali, immutati nel tempo, a fare le stesse cose.

Sono ormai quasi tutti vecchi, gli abitanti di Calrise. Eppure i loro visi non sono cambiati, ci sono in quei visi le stesse espressioni che ricordo, bambina.

Molti non ci sono più, purtroppo.

Mi sembra, quando vedo quei pochi rimasti, di non averli mai lasciati e quando non ci sono, invece, da lontano, a volte me ne dimentico.

Sono tutt'uno col paesaggio, con i campi, i boschi, le case.

Quando arrivo li ritrovo, in parte, e parliamo come se non ci fossimo mai lasciati.

Eppure io esco ed entro nelle loro vite a intervalli. Mi sembra di essere una di loro e al tempo stesso un'estranea.

Mi è capitato molte volte di sentirmi così. Sono entrata in contatto con tante vite, tante persone, e sono stata di tutti e di nessuno. Quando sono a Calrise sono una di loro e così nelle varie altre città o paesi dove ho vissuto dei pezzi di vita.

Quando torno in Toscana ritrovo tutte le persone della città in cui ho vissuto ed è sempre una festa. Incontro tutte le mie amiche, mi sembra in fondo di appartenere a questa comunità , di tornare un po' a casa. Mi sembra di avere un po' di radici in tutti questi posti, e al tempo stesso in nessuno. Forse la vera radice è a Calrise, in qualche bosco del nonno Menegu, o alla splendida cascina, incassata sotto il monte aspro e aguzzo, dove nacque il mio papà, oppure nel palazzo cinquecentesco genovese, o nei miei adorati "caruggi"di Genova che mai smetterò di amare, o nella casa toscana della mia splendida amica Barbara. Chissà...

Meno di una settimana fa a Calrise ho rivisto la Dalia.

Non la rivedevo dall'anno scorso.

E' sempre molto gentile e carina con me, questa Dalia.

E pure io ho molta simpatia per lei.

Ha sempre un sorriso aperto e sincero, quasi incredulo. E' sempre contenta di vederti. E' sempre contenta della sua vita, la Dalia.

Lei ormai vive stabilmente lì.

Negli ultimi vent'anni ha vissuto a Genova dove lavorava. Spesso ci si incontrava, quando vivevo lì e anche in quelle occasioni la Dalia era sempre molto allegra. Non l'ho mai sentita lamentarsi per qualcosa.

In tali occasioni ci si riprometteva di rivedersi poi all'estate a Calrise dove lei passava le sue vacanze. A Calrise si parlava del più e del meno, non siamo mai entrate in confidenza però.

L'altro giorno la guardavo, mentre ci parlavamo. E notavo che lei porta sempre abiti colorati, coi colori molto intonati tra loro; porta sempre anche gioielli, semplici e belli, di vario tipo, sempre intonati agli abiti e al resto.

Il suo viso, nonostante l'età, è ancora molto giovanile e

assomiglia molto al nome che porta: Dalia. Quegli abiti e quel viso e quel rossetto ti fanno pensare veramente a un fiore, a una dalia, per l'appunto.

Non ho mai visto nessuno che indossi così bene il nome che porta.

L'altro giorno mentre la osservavo non ho potuto fare a meno di pensare a come nella sua gioventù abbia potuto un giorno all'improvviso sollevare da terra come una furia la madre, correre verso il pozzo di casa, e tentare di buttarcela dentro, proprio lì, a Calrise, a due passi da dove siamo intente a parlare.

Qualcuno quel giorno sentì le urla disperate della madre, le corse appresso e la stordì con un pugno violentissimo. Che la fece cadere a terra svenuta ma non deturpò il suo bel viso.

Il primo giorno che la vidi, ero una ragazzina, e di lei avevo sentito solo parlare, a causa di quel tragico gesto.

Aveva circa quarant'anni e ne aveva passati quasi 20 in manicomio.

Nel frattempo a Calrise la madre era morta di malattia e con lei molta altra gente.

Quelli rimasti l'accolsero con grande gioia, al suo ritorno. Mi ricordo che fu quasi una festa. La trattarono come se non fosse successo nulla.

Quando la sera ci si riuniva tutti insieme a prendere il fresco, questa gente semplice e rustica, faceva sempre in modo con una eleganza innata e spontanea di non arrivare mai a portare il discorso su argomenti proibiti per non ferirla in nessun modo.

Lei poco tempo dopo trovò un posto di lavoro a Genova, dove rimase circa una ventina di anni, ovvero fino alla pensione.

Oggi è qui, di fonte a me, bella solare e allegra.

Non posso fare a meno di pensare a che mondo vedeva dietro le sbarre del manicomio di Genova. Forse le stesse sbarre e lo stesso mondo che vedeva la cugina Viola e la Mirella e Bruno, il marito della Elena.

Comunque sia, la follia, se così è stata, ha prodotto un altro fiore.

E stavolta ne porta pure il nome.

LA CLARA

La Clara ha settantadue anni circa ed è l'ultima di sei figli di una famiglia di Calrise.

Era la figlia più piccola, appunto, questa Clara e, preso il diploma di maestra, andò ad insegnare in un piccolo paese in provincia di Bari.

Dove rimase moltissimi anni.

Ogni estate durante le vacanze tornava a Calrise nella casa natale. Ricordo che era sempre indaffarata a ripulire e sistemare questa casa ormai disabitata e bisognosa di restauri. I suoi fratelli e sorelle se ne erano andati tutti via, in prevalenza a Genova. L'estate spesso tornavano, la Clara era quella che teneva uniti tutti.

Le volevano tutti un gran bene, non solo i fratelli ma anche le altre persone di Calrise.

Quando arrivava la Clara era un avvenimento. Lei era una persona sempre sorridente e aveva una grande calma e pazienza. Era gentile con tutti non si arrabbiava mai e a tutti dava sempre consigli pieni di buonsenso e col cuore.

I bambini l'adoravano e lei adorava i bambini. Sapeva essere al tempo stesso severa e dolcissima. Ancora oggi i bambini e i ragazzi di Calrise la vanno a trovare e parlano volentieri con lei.

A volte lei racconta dei tempi andati, di quando la mia mamma e le altre ragazze si riunivano tutte insieme a casa sua per passare la serata, specialmente in inverno.

Negli anni 70 la Clara si sposò con un uomo di Foggia e andò a vivere lì.

Purtroppo il marito qualche anno fa morì e lei si ritrovò sola.

Anche col marito, d'estate, venivano a Calrise, per poi ritornare a Foggia durante l'anno.

Oggi la Clara vive stabilmente a Calrise circondata dall'affetto di numerosi nipoti parenti e compaesani; lei è rimasta sempre uguale negli anni e io l'ammiro molto.

Non ha avuto bambini suoi eppure io ritengo la Clara una delle persone che più voglia bene ai bambini, li capisca e li aiuti.

E' una mamma.

Lo è senza aver avuto figli.

LA MIRELLA

La Mirella era un'amica della mia mamma. Era una donna enorme, sproporzionata.

La Mirella veniva a Calrise in estate per brevi periodi. Il resto dell'anno lo passava a Genova col marito e i figli.

Quando arrivava la Mirella, a Calrise era festa. Era molto benvoluta dalle sue amiche.

Aveva avuto una vita travagliata, diceva la mia mamma.

Questa Mirella spesso veniva a passeggiare con le sue amiche tra cui la mia mamma e i loro bambini e ci si riuniva in un campetto che dominava una valle.

La Mirella spesso chiedeva al marito di essere ricoverata in manicomio perché , diceva lei, sentiva arrivare le sue crisi.

Passava un periodo lì e poi usciva, e ricominciava la sua vita. Fino alla prossima volta.

Ce le raccontava sul quel prato, queste cose, e le altre donne la ascoltavano commosse e attente.

Una volta, sempre su quel prato, c'era anche la Elena con noi, insieme ad altre persone.

A un certo punto la Mirella disse alla Elena che laggiù, in fondo alla valle, c'era Venere, inteso come pianeta, e lì, seduto al tavolino di un bar, c'era suo marito Bruno, (quello defunto anni prima in manicomio).

Le altre donne dicevano che non era possibile e la prendevano bonariamente in giro. Ma lei era convinta di ciò che diceva, e la Elena diceva di stare zitti, e che anche lei adesso era convinta che laggiù ci fosse davvero Bruno. Gli chiese come stava e altre cose. La Mirella la rassicurò e disse che a Venere si stava benissimo.

Tornate a casa la mia mamma mi disse di non credere a ciò che aveva detto la Mirella, che quella era una valletta con dei campi e Venere era molto lontano.

Disse che lei spesso faceva queste uscite, ma non era il caso di crederci.

Io ero bambina, non capivo bene la differenza tra realtà fantasia e altre cose e ricordo che al fatto che laggiù ci fosse Venere ci avevo creduto.

La Mirella lo diceva con una tale veemenza…

Mi affascinava questa cosa, mi incantava sentire la Mirella, nonostante la mia mamma avesse detto che era una persona particolare, e che non dovevo credere a tutto ciò che diceva.

La guardavo poi dal di fuori, ed era lo stesso affascinante, comunque, osservare questa persona che si perdeva con tutta se stessa in questo mondo che a noi non apparteneva.

Lei lo vedeva, noi no.

Lei ci si buttava dentro, la sua mente andava chissà dove, chissà perché, chissà come.

Chissà se era stato qualcuno a ferirla talmente da farle perdere così il senso delle cose.

Chissà se invece si nasceva così, oppure si nasceva in un certo modo e poi qualcuno ti faceva male, tanto male, e ti faceva perdere la strada…

Me lo sono chiesta, da adulta, tante volte, tutto ciò, ripensando alla Mirella.

E da adulta mi sono chiesta tante volte tante cose, riguardo alle nostre azioni, al nostro modo di essere...

AMICIZIE E DINTORNI

LA SUSANNA

Con la Susanna ci siamo conosciute in prima elementare. Dopo qualche mese da che iniziò l'anno scolastico, fummo messe nello stesso banco.

Diventammo inseparabili. Ci davamo sempre mano.

La Susanna era una bimbetta vispa e simpatica. Aveva capelli nerissimi e duri, due occhietti neri e un sorriso bellissimo che è rimasto inalterato nel tempo. E' ancora così, identico.

Facemmo insieme tutte le elementari e le medie. Quasi ogni giorno, alle elementari andavo a casa sua o lei veniva da me. La sua era una famiglia benestante, avevano una bellissima casa.

La cosa più bella, tra le tante, della nostra amicizia, è che mai la Susanna e la sua famiglia hanno fatto caso alla nostra condizione sociale e alla povertà della nostra casa. Sua mamma veniva da noi con grande naturalezza, senza badare a nulla.

E mai io sono stata invidiosa di qualcosa della Susanna e della sua famiglia. La accettavo così e basta. Come lei accettava me.

Dopo le medie lei andò al Liceo io alle Magistrali.

Il primo anno di superiori passammo tutte le nostre domeniche allo stadio, noi due da sole.

Ci divertivamo da pazze.

Dicevamo ai genitori che saremmo andate in compagnia di certi amici più grandi della sorella, in realtà andavamo da sole.

Spesso ci trovavamo immerse, dopo la partita, in scene di guerriglia urbana tra tifosi e poliziotti. Noi scappavamo da tutte le parti, ma ci piaceva trovarci in mezzo a queste cose.

Quando il Genoa vinceva andavamo in giro con la bandiera alzata per tutto il centro di Genova e ne eravamo orgogliose. Anche quando perdeva, facevamo così, e spesso abbiamo rischiato di prenderle.

Il secondo anno di superiori ci vedemmo di meno, io ero precipitata in un buco nero di scuola che per me fu un incubo durato cinque anni, la Susanna trovò nuove amiche.

All'inizio degli anni ottanta ricominciammo a vederci con maggiore intensità.

La cosa curiosa di questa amicizia fu che, durante gli anni dell'adolescenza non ci confidammo mai nulla, delle nostre cose più intime. Lo facemmo più tardi, quando la Susanna si innamorò perdutamente di un suo compagno di corso all'Università. Era una storia tormentata e travagliata. Alla sera stavamo ore al telefono a parlare di questo tizio. Ma, prima che la storia trovasse uno sbocco, all'improvviso lei si innamorò di un ragazzo che viveva in un'altra città.

E continuò a raccontarmi molte cose di questo nuovo amore. E quando lui venne a Genova me lo fece conoscere. Le davo consigli, quando lei me li chiedeva, ed ero emotivamente molto coinvolta da questa storia d'amore. Poi l'anno dopo tutto questo finì.

In seguito lei si laureò e fece una festa. C'era molta gente che non conoscevo, quella sera. Qualche giorno dopo, la Susanna mi disse che le piaceva molto un ragazzo che era lì e che io non ricordavo bene di avere visto. Ricominciò a chiedermi consigli, in quanto lo stesso ragazzo piaceva anche a una sua amica.

In breve tempo si fidanzarono e subito dopo la Susanna sparì. La vedevo raramente e mai mi parlava di questo Fulvio.

Un giorno mi arrivò a casa la partecipazione di matrimonio. Ci rimasi molto male, non per il fatto che lei si sposasse, ma perché non me lo avesse detto di persona.

Non le dissi nulla e andai al matrimonio.

Subito dopo ci si vedeva e lei, qualche volta, veniva a prendermi al lavoro e si andava a prendere l'aperitivo insieme.

Anni dopo, quando stavo per lasciare Genova in quanto mi sposai in un'altra città, fu curioso il fatto che i miei genitori incontrarono casualmente per strada i suoi, e dissero loro che stavo per sposarmi. La Susanna mi telefonò proprio la sera che partivo per la nuova città, l'ultima sera che ho passato a Genova in casa dei miei. Mancavano poche ore alla partenza. Mi disse perché mi sposavo senza dirle nulla. Non le risposi, feci forse una battuta e basta. Lei ci era rimasta male. Ma anch'io ci rimasi male, a suo tempo, e questa fu per me una specie di piccola vendetta.

Non le dissi nulla e non ne parlammo più.

Durante il periodo che passai in Toscana e subito dopo, negli anni, la Susanna ebbe tre figli. Nei periodi delle festività o nelle vacanze cercavamo di passare qualche pomeriggio tutti insieme.

Quando, a volte, ci telefoniamo, e parliamo insieme, ritrovo in lei gli stessi atteggiamenti e le stesse frasi di allora. Mi sembra che la Susanna, negli anni, sia cambiata pochissimo. Io credo di aver vissuto, nel bene e nel male, in questi anni, su un seggiolino di una giostra in corsa, e mi sembra che lei abbia viaggiato tranquilla su un'auto silenziosa. Non ne parliamo, però, di queste cose, e quindi questa resta solo una mia impressione…

Del resto questa lunga e meravigliosa amicizia è rimasta sempre così sospesa, così lontana, anche se all'apparenza sembrava vicinissima…

LA CRISTINA

Conobbi la Cristina nell'ufficio dove lavoravo.

Era infatti l'impiegata addetta prevalentemente al disbrigo delle pratiche esterne, lavorava par-time, aveva qualche anno meno di me ed era già mamma di una bellissima bambina di nome Arianna.

Ci vedevamo al mattino poi uscivamo insieme e facevamo un pezzo di strada verso casa.

Diventammo amiche, ci confidavamo molte cose intime l'una con l'altra.

Cristina era una ragazza molto matura e sensibile.

Spesso uscivamo insieme la sera e quasi sempre andavamo ai concerti di qualche cantautore in tour o al cinema.

Ci divertivamo moltissimo.

Passarono così alcuni anni, dopodiché la Cristina si fidanzò e si sposò un mese dopo di me.

Non andammo ai rispettivi matrimoni in quanto facemmo delle cerimonie molto intime, senza amici né parenti, entrambe.

Ci si vide qualche volta tutti insieme lei io i rispettivi mariti e Arianna, e fu molto bello.

Qualche anno dopo le nacque la seconda figlia, Stefania, ma da allora ci si perse un po' più di vista e ora ci si sente raramente, per telefono.

PAOLA

Conobbi Paola negli uffici del Comune di Genova dove eravamo state assunte entrambe come trimestrali.

Lei era al suo primo lavoro e al mio arrivo la trovai impaurita e disorientata. Eravamo capitate in un ufficio di serpi, che ci aspettavano al varco, al primo errore. Erano tremendi, e io presi le difese anche di Paola e insieme imparammo a farci rispettare da tutti.

Diventammo amiche. Lei aveva qualche anno meno di me ed era una ragazza molto simpatica.

Subito dopo la fine del lavoro lei aprì un negozio a Genova e spesso io la andavo a trovare.

Lei era, già all'epoca del Comune, fidanzata con un certo Mirko.

Io all'epoca vivevo una storia tormentata con un mio coetaneo, di cui parlavo sempre a Paola.

E' stata, comunque, Paola, l'amica con cui ho avuto più confidenza. Quella a cui ho raccontato più cose di me. Lei era molto comprensiva, affettuosa e spesso mi consigliava. Erano sempre consigli dati col cuore, che io poi regolarmente non ascoltavo.

Paola era una con la testa sulle spalle, solida e concreta.

Sembrava lei la più vecchia, la più saggia. Io non so cosa fossi. Ma non volevo essere saggia.

Quando mi trasferii ci perdemmo di vista. Al mio rientro temporaneo lei si sposò con Mirko. Andai al matrimonio e fu una bellissima festa. Ci si vide poi diverse volte.

Il marito di Paola è un mattacchione, un pazzo, in senso buono, naturalmente, proprio l'opposto di lei.

Quando, anni dopo il mio matrimonio civile, mi sposai anche in Chiesa, volli Mirko e Paola come miei testimoni di nozze. Loro vennero e fu molto bello.

Da allora in poi ci siamo persi molto di vista, e ora non saprei più dire con esattezza a quanto risalga la nostra ultima telefonata.

SIMONA

Simona arrivò nella mia classe in terza elementare. Era una bimbetta tutta nera, e aveva un qualcosa di poco femminile, che la faceva assomigliare più a un maschietto.

Facemmo insieme tutte le elementari e le medie. Alle medie stavamo in banco insieme, ma spesso non la sopportavo, passavamo dei periodi in cui non ci sopportavamo l'una con l'altra.

Finite le medie ci perdemmo di vista; la incontrai i primi anni che lavoravo; mi disse che si era appena sposata e aspettava un bambino.

Passò qualche anno e io mi trasferii con la mia famiglia in Via Timavo. Un giorno, affacciandomi alla finestra la riconobbi come una delle abitanti nel palazzo di fronte al mio. Dopo qualche giorno la incontrai in strada e fummo felicissime di rivederci.

Lei aveva per mano un bimbetto di due o tre anni, che si chiamava Massimo ed era, naturalmente, suo figlio. Era un bimbetto meraviglioso, buono; Massimo è uno dei bimbi più buoni che io abbia mai visto.

Prendemmo a frequentarci assiduamente. Al mattino

andavamo al bar a far colazione e poi all'ufficio di collocamento. Eravamo all'epoca entrambe disoccupate e avevamo organizzato così le nostre ricerche di lavoro.

Spesso passavamo insieme anche il pomeriggio. Andavamo prima a prendere Massimo all'asilo; se era freddo tornavamo a casa sua, se era estate lo portavamo al mare.

La casa di Simona più che una casa sembrava un cantiere. Il marito e il cognato facevano da sé i lavori di sistemazione quando avevano tempo e denari. In due o tre anni di frequentazione di quella casa non vidi in pratica nessun miglioramento, salvo un gran caos e basta.

Con Simona parlavamo un po' di tutto, lei mi raccontava di vivere in forti ristrettezze economiche e si lamentava per il fatto che la suocera fosse venuta a vivere in un appartamento vicino al loro e la tormentasse.

Quando io iniziai a lavorare di nuovo regolarmente presi a frequentare di meno la casa di Simona. Lei nel frattempo trovava dei lavoretti saltuari e qualche volta quando ci si incontrava in strada, si andava insieme al bar.

Nell'ultimo inverno che passai a Genova una sera incontrai la suocera e, visto che era molto tempo che non vedevo più Simona le chiesi sue notizie. La suocera mi disse che non l'avrei rivista più e questo mi sconcerto'. Pensai che fosse morta.

Mi disse poi costei che Simona se ne era andata. Aveva lasciato marito e figlio e lei non sapeva dove fosse.

Cercai allora il marito, e chiesi cosa fosse successo. Lui mi disse che all'improvviso lei se ne era andata ed era abbastanza sconvolto. Non mi disse dove fosse né mi diede un recapito o un telefono.

Negli anni che seguirono incontrai spesso Angelo nelle volte in cui tornavo a Genova a trovare i miei e lui mi disse una volta che erano ormai prossimi al divorzio.

Massimo era cresciuto, si era fatto un bel ragazzo, ed era sempre felice di incontrarmi. Di Simona non si parlava più. E io non l'avevo più rivista.

Circa quattro o cinque anni fa, mentre ero all' ufficio postale centrale, andai a uno sportello e lei era lì', accanto a me. Ci guardammo e, senza bisogno di altro, ci abbracciammo e salutammo. Lei era sempre uguale. In dieci anni e più non era cambiata. Sembrava una ragazzina. Stessi capelli, stesso sorriso.

Mi raccontò di essere fuggita da casa perché non sopportava più quella vita. Mi disse poi che era, quella mattina, ancora alla ricerca di un lavoro…Aveva appena avuto un altro bimbo ed era raggiante! Mi diceva che avrebbe tanto voluto che fosse stato lì per farmi vedere quanto era bello. Era felice.

Mi disse di convivere con un uomo di 58 anni, separato dalla moglie e con un figlio grande. Andammo al bar, come ai vecchi tempi, e come ai vecchi tempi Simona cercava lavoro.

Mi disse, lui ha 58 anni, molti più di me, ma lo amo. Perché, Flamy, mi vado sempre a cacciare in questi casini…?e intanto rideva, rideva, come solo lei sapeva ridere. Era talmente serena, bella, radiosa, nonostante questi casini in cui si era infilata, che mi commosse.

Mi commosse, e mi toccò, soprattutto, il modo in cui disse d'amarlo…

LE AVVENTURE

AUGUSTO

Augusto l'ho conosciuto a Roma, in Piazza Navona, nel mese di Novembre di molti anni fa.

Ero andata a Roma qualche giorno prima, per un congresso. Un pomeriggio ero stanca, perché il congresso era impegnativo, avevo mal di testa e, nel primo pomeriggio, dissi agli altri congressisti del mio gruppo, che sarei andata a prendere una boccata d'aria e avrei fatto un giro per Roma.

Girovagai un po' e poi arrivai in Piazza Navona. Mi sedetti sugli scalini della Chiesa, quella che si trova a metà circa della piazza.

Osservavo la piazza, bellissima, e le fontane, incantata.

Dopo un po' si sedette accanto a me un ragazzo alto, piuttosto bello, che mi offrì delle caldarroste. Rifiutai le caldarroste, ma incominciammo a parlare. Era molto simpatico, aveva una parlantina sciolta e si stava volentieri in sua compagnia. Trascorsero almeno due ore e si fece buio. Lui mi disse di avere posteggiato lì vicino l'auto e che, se volevo, saremmo andati a mangiare una pizza. Andammo a mangiare la pizza, uscimmo a piedi e girovagammo un po' in centro; poi andammo a Trastevere. Era ormai notte e faceva freddo. Lui si tolse la sciarpa e, sullo scalino della fontana di Trastevere, me la mise al collo e me la regalò. Poi andammo poco distante e trovammo due sedie sfondate. Ci sedemmo e parlammo di cose importanti. Della vita, dell'amore, di come intendevamo certi valori. Era notte fonda. Non c'era nessuno, era un'atmosfera irreale, irripetibile. Io mi infervoravo nei discorsi e fu allora che, alla luce dei lampioni, Augusto mi guardò negli occhi e poi mi disse che i miei occhi erano meravigliosi, che avevano una luce meravigliosa e che questa luce mi poteva venire soltanto da due cose: o mi ero "fatta" o ero innamorata di un uomo perdutamente, perché, disse lui, solo quando si ama in quel modo ti viene quella luce. Disse che lui avrebbe anche aspettato tutta la vita, ma avrebbe voluto una volta trovare una donna che lo guardasse con quella luce, per lui. Mi disse che era disposto a tutto, per questa cosa. E mi disse. Vorrei tanto che fosse per me. Ma so che non è così.

Io non gli risposi. Perché dentro di me da un anno c'era qualcuno di cui non riuscivo proprio a parlare. Quando lasciammo Trastevere era quasi l'alba. Lui mi accompagnò all'hotel e prima di scendere dall'auto ci baciammo.

Il giorno dopo, il congresso sarebbe terminato, e io sarei dovuta tornare con gli altri in treno.

Augusto venne a prendermi all'hotel alle 14 e io dissi loro che sarei tornata per conto mio a Genova.

Girovagammo per Roma coll'auto e poi andammo dalle parti del lago di Nemi. Continuammo a parlare e ogni tanto ci baciavamo.

Ci recammo poi a Fiumicino perché pensavamo che verso sera ci fosse un aereo per Genova. Andammo a vedere gli orari, ma siccome ci sembrò presto, tornammo all'auto e, visto che diluviava, posteggiammo e passammo il tempo ad abbracciarci e baciarci.

Quando ci rendemmo conto dell'ora corremmo dentro l'aeroporto ma il mio aereo era partito. Era troppo tardi...Fu così che telefonai a casa e dissi che avevo perso treno ed aereo e sarei tornata il giorno dopo.

Augusto telefonò a sua madre e disse che avrebbe portato un'amica a casa a dormire.

Ci presentammo così a casa sua dopo circa un'ora. Mi accolsero la madre, il padre e la nonna. Erano delle persone meravigliose. La madre ci preparò la cena, il padre volle sapere dell'aereo e disserto' un po' con me, circa il congresso cui avevo partecipato, poi andò a dormire.

Finito di cenare, la madre mi assegno' la camera.

Quando tutta la casa piombò nel buio della notte andai nel letto di Augusto. Non facemmo l'amore, ma ci andammo molto vicino. Prima che venisse mattino tornai nella mia camera.

Il giorno dopo, prima di andare al lavoro, Augusto venne a salutarmi e mi disse che sua madre mi avrebbe spiegato come raggiungere il terminal dei bus per l'aeroporto. Rimanemmo d'accordo che non ci saremmo più visti né sentiti.

Sua madre fu meravigliosa. Mi accompagnò al bus, mi regalò un ombrello perché pioveva e mi chiese se avevo abbastanza denari per tornare a casa. Ci salutammo e io tornai a Genova. Arrivai all'Ufficio nel primo pomeriggio. L'Avvocato l'avevo avvertito. Quando mi vide mi chiese se fosse stato interessante il congresso, e come mai avevo fatto così tardi. Gli dissi che glielo avrei raccontato con calma.

Quella sera, inaspettatamente, Augusto mi chiamò. Mi chiese del viaggio, e altre cose.

Cominciammo così a telefonarci regolarmente e a Natale andai di nuovo a Roma, a casa sua.

Mi raccontò di essere in crisi, di avere problemi col lavoro.

Mi portò ancora al lago di Nemi e lì parlammo a lungo.

Parlammo anche dello strano rapporto che si era creato tra noi, avevamo cominciato il tutto come un'avventura, e ora, dove stavamo andando?

Non provavamo nulla l'uno per l'altro, e non potevamo neppure vederci ogni tanto come amici per andare a mangiare una pizza, data la lontananza.

Fu un pomeriggio tristissimo.

Il lago di Nemi era incantevole, il sole si specchiava nell'acqua e io avevo una gran voglia di tornare a casa.

Glielo dissi, ad Augusto.

Andai a casa sua a ritirare la valigia. E mi feci accompagnare alla stazione.

Non avevo neanche fatto in tempo a dargli il regalo di Natale che gli avevo portato.

Gli dissi di guardare nella sua stanza, e cercare un regalo.

Lui rimase sorpreso e ci salutammo.

Non lo rividi mai più.

GIORGIO

Conobbi Giorgio a Roma l'estate dopo Augusto, sul lungotevere, vicino al tempio di Vesta.

Ero tornata a Roma perché Roma mi aveva incantata. Era una città diversa dalle altre. Roma non è una città. E' una persona.

Viaggiai tutta la notte, per risparmiare sull'hotel e arrivai al mattino verso le sette. Lasciai i bagagli alla pensione in Via Principe Amedeo e andai in Piazza Venezia. E poi in centro, in Piazza del Popolo, al Colosseo, ovunque.

Andai sulla Cupola di S. Pietro. E fu lì che Roma diventò una persona. Era caldo ed era primo pomeriggio. Lassù c'era un silenzio irreale. Si sentivano in lontananza dei brusii, molto distanti. Era una distesa di campanili e di case e di macchie verdi. Ma soprattutto chiese, e campanili. Bellissimi. La città era immersa in quella calura. Sonnecchiava. Ma era terribilmente viva allo stesso tempo. Mormorava qualcosa, in quei brusii, era serena e distesa. Era la madre di tutte le città. L'ho sentita mia ed era soltanto la terza volta che ci andavo.

Dopo due giorni incontrai Giorgio. Mi chiese qualcosa e incominciammo a parlare.

Giorgio era il classico "pappagallo". Me lo disse, del resto, che

"

passava le vacanze a caccia di turiste. Mi fece l'elenco delle sue conquiste. Erano moltissime. Non so quante in realtà fossero vere e quante inventate, ma di sicuro quelle vere erano un'alta percentuale.

Rimasi a Roma per circa venti giorni. Alloggiavo in una pensione famigliare in Via Principe Amedeo. Il mattino lo passavo in giro per la città e alle cinque del pomeriggio Giorgio mi passava a prendere nei pressi di piazza Venezia, davanti al negozio di dischi Ricordi. Ogni notte, quando ci si salutava mi faceva la solita battuta: allora ci si vede domani sera da Ricordi. Ricordati ok?

Ogni sera percorrevamo in auto la Piazza Venezia e poi la strada che costeggia i Fori Imperiali. Poi altre strade, di cui perdevo cognizione.

Dopo tre o quattro giorni da che ci si conosceva, facemmo l'amore.

Lo facemmo sull'auto di Giorgio, sul piazzale dei mercati generali, sulla Via Ostiense, a quell'ora deserto.

Poi ripartimmo e andammo prima al Colle Oppio e poi dalle parti del Campidoglio. Saranno state le due di notte. Non c'era nessuno. C'erano delle bellissime luci gialle che illuminavano quello scenario di monumenti unici al mondo.

Arrivò, non ricordo se a piedi o in moto, un personaggio

famoso della TV e chiesi a Giorgio se era proprio la persona che pensavo. Lui confermo' la mia tesi. E poi mi disse: ma guarda te, io ti porto in un posto romantico, e te vai a riconoscere questo, che ci frega di lui, e lo disse alla sua maniera, era simpatico da morire e ridemmo di nuovo fino alle lacrime.

Questi giri notturni in auto, dopo aver fatto l'amore, nelle strade vuote di Roma, con quei monumenti incantati, al suono delle splendide canzoni di Venditti, non li scorderò' mai.

Roma era ai miei piedi, l'auto correva sull'asfalto, Giorgio non diceva nulla e io provavo delle emozioni indescrivibili...

Mi riaccompagnava poi, come ogni notte, alla pensione. La figlia dei proprietari di solito mi aspettava alzata; ero l'ultima cliente a rientrare. Non mi diceva nulla, in genere, ma aveva quasi sempre un'aria feroce.

Poi, con Giorgio, decidemmo di passare qualche giorno insieme in un nuovo hotel, un posto che conosceva lui, dalle parti del colle Oppio. Più che un hotel sembrava una villetta, aveva un bel giardino e si entrava, anziché dalla hall, da una porta secondaria direttamente in camera. Solo Giorgio passò dalla hall e dette i documenti. Io entrai direttamente da lì.

Era un bel posto, vi passammo altri giorni; facevamo l'amore più volte al giorno, poi uscivamo e andavamo a cena in certe trattorie meravigliose che conosceva Giorgio.

Ricordo una sera, in una di queste trattorie, c'era una comitiva di polacchi i quali non volevano sedersi ai tavoli e volevano consumare una minestrina in piedi per risparmiare sul conto. Ci fu una serie di battute da parte degli altri avventori, poi i polacchi se ne andarono.

Era già tardi e rimanemmo Giorgio io e due signori al tavolo accanto. Dopo un po' Giorgio riconobbe in uno di questi signori una persona che anni prima frequentava i suoi. Ordinammo da bere per tutti. Cominciò così una serie di racconti e storie passate che riguardavano la famiglia di Giorgio e che, dette a quella maniera, mi facevano ridere fino alle lacrime. Quella sera fu bellissima. Non pensai a nulla, se non a ridere, ridere e poi ancora a ridere. Facemmo tardissimo, in quella trattoria. Giorgio era felice. E anch'io lo ero. Ci eravamo dimenticati di tutto, per quel tempo lì.

Passammo altre sere così, in queste trattorie, frequentate da persone incantate. Giorgio attaccava a parlare con chiunque, ci si scambiava battute, si rideva. Una volta a un tavolo vicino al nostro c'era una bimba handicappata che festeggiava il suo compleanno.

Era una bimba triste ed era triste guardarla. Giorgio le disse qualcosa, fece amicizia e passò la sera a dire battute e scherzare. Quella bimba, nel frattempo, aveva cambiato aspetto.

Quando uscimmo lui non riuscì a trattenere le lacrime.

Era un uomo inaffidabile sentimentalmente, Giorgio, ma come persona era un uomo retto e sensibile.

Quella sera mi commosse e facemmo l'amore con meno indifferenza.

Ormai le nostre vacanze volgevano al termine, mancavano ancora pochi giorni.

Un giorno facemmo l'amore a lungo e la sera, tornati all'hotel, Giorgio non ebbe erezione. Si arrabbiò moltissimo e mi disse di stare sveglia o che mi avrebbe svegliato nella notte, se avesse avuto voglia.

Fu allora che mi prese, come ogni tanto mi accade, una rabbia sorda silenziosa e inarrestabile. Non gli risposi subito e poi gli dissi che poteva scordarselo.

Gli dissi che dovevamo essere d'accordo in due, come nei patti stabiliti. Io non ero una sua proprietà. Lui si incazzò e litigammo. Poi mi addormentai e giurai a me stessa che il giorno dopo me ne sarei andata a casa.

Il mattino dopo Giorgio si svegliò e mi ordinò di andare al bar a prendergli la colazione. Mi vestii, preparai in fretta la valigia e andai al bar. Gli posai il vassoio sul comodino con cappuccino brioche e la metà della somma della spesa per l'hotel. Gli dissi che avrei telefonato al taxi e sarei ripartita. Non gli diedi neppure il tempo di vestirsi e accompagnarmi alla stazione.

Lui ci rimase malissimo, si preoccupava di cosa avrebbe detto a sua madre.

Io stavo male, perché mi stava venendo una forte cistite. Andai alla stazione e tornai a Genova. L'indomani partii per Calrise e, passando in auto da un paese dove mia cugina ha una casa, vidi tutto chiuso. Andai a casa e seppi che nella notte era morto mio zio Luciano, quello che non voleva che io nascessi.

Dopo due giorni, piegata in due dai problemi che mi causava la cistite, andai al suo funerale.

Conobbi Rashid in un'estate torrida, a Venezia. Era la prima volta che ci andavo e giravo incantata per quei canali e dappertutto.

Rashid veniva da Damasco.

Aveva vissuto un po' in Turchia e poi in Jugoslavia, prima di approdare a Roma. Viveva infatti lì e lavorava presso una ditta.

Quell'estate stava facendo un giro per l'Italia e voleva conoscere città diverse. Mi parlò a lungo della situazione politica del suo paese, dei vari tormenti, delle nostalgie che aveva dei fratelli e della madre e del padre.

Parlava correntemente l'italiano, era un uomo di trent'anni, alto, tipicamente mediterraneo, imponente e molto affascinante.

Lui viveva in un sacco a pelo sulla spiaggia del Lido di Venezia. Io alloggiavo in una pensioncina in centro. Ci vedevamo al mattino e facevamo i turisti.

Rashid aveva abitudini molto diverse anche dal punto di vista pratico. Ricordo la fatica che faceva per trovare qualcosa da mangiare che non contenesse per lui cibi proibiti dalla sua religione.

Verso sera mentre girovagavamo per le calli e le piazzette i discorsi si facevano più intimi e una sera Rashid mi baciò. Lo fece con forza, fu un bacio lungo e disperato. Anche da parte mia. Mi piacque molto, quel bacio, fisicamente. Rashid era disperato per mille cose, io per una cosa sola, che non potevo dirgli.

Prendemmo a baciarci molto spesso Rashid e io, in questo modo splendido, sentendoci così meno soli.

Io gli dissi molte volte che, nonostante quei baci, per me era diventato un amico. Lui diceva che ormai mi considerava la sua fidanzata, e mi rispettava. Con questo intendeva dire che non faceva l'amore con me perché lo avrebbe fatto una volta sposati. Gli dicevo che non ci saremmo mai sposati, ma lui non ci credeva.

La sera spesso andavamo a sederci sullo scalone davanti alla stazione Santa Lucia. Si riunivano lì altre persone che vivevano un po' allo sbando, qualcuno beveva, qualcuno fumava spinelli. Rashid e io passavamo la serata a baciarci in quel modo meraviglioso accanto a loro. Facevamo tardissimo e spesso prendevamo l'ultimo vaporetto di corsa e, per far prima, Rashid mi prendeva in braccio e, nella calca, passavamo le sbarre e salivamo sul battello.

Le vacanze finirono.

Rashid mi accompagnò alla stazione.

Io tornai a Calrise dai miei qualche giorno, lui andò a Bologna.

Ci telefonammo, ogni tanto. Spesso era lui che chiamava per chiedermi qualche consiglio. Una volta disse che era stato invitato alla prima comunione del figlio di un suo collega. E non sapeva bene come comportarsi e che regalo fargli. Gli consigliai il da farsi e lui fu molto contento. Nell'inverno successivo una sera mi telefonò dicendo che era a Genova e avrebbe voluto che ci incontrassimo. Ci demmo appuntamento in centro e dissi ai miei che avrei portato a pranzo un amico che avevo conosciuto a Venezia.

Rashid fu molto contento di questo invito, lui era spesso respinto dalle persone, in quanto arabo, e i miei invece lo trattarono molto bene.

La mia mamma gli fece la pasta al forno e altre pietanze della domenica. Lui volle poi farci una foto tutti insieme (a Venezia mi aveva fatto molte foto; alcune disse di averle spedite alla madre presentandomi come la sua fidanzata e altre me le spedì) e la sera andò via che quasi piangeva. Diceva che i miei erano persone meravigliose e che mai era stato trattato così bene.

Mio padre mi chiese se fosse il mio fidanzato. Gli risposi che era solo un amico.

Da allora non mi chiese più nulla e Rashid non venne più a casa nostra.

In primavera mi telefonò e mi disse che ci saremmo potuti vedere a Pisa. Passammo un sabato da turisti, lui mi chiese di sposarlo, voleva comprare gli anelli da un suo amico orafo a Roma. Gli dissi che se voleva, ci saremmo potuti vedere ancora da amici, in caso contrario era meglio non vederci più.

Fu così che decidemmo per la seconda opzione, anche se mi dispiacque molto perdere un amico come lui, e non dimenticherò mai quei baci disperati di un uomo solo, molto solo, in un Paese straniero, per lui ostile, senza legami con nessuno.

Ero io, mi aveva detto una volta, il suo unico legame in questo Paese.

L'ARGENTINA

JUANITO E GLI ALTRI

Io adoro l'Argentina, senza averla mai vista.

Me l'hanno fatta conoscere, da bambina, nel palazzo cinquecentesco, i componenti di un ufficio marittimo di quel Paese che era al quarto piano.

Mio papa', all'epoca, andava a fare le pulizie in questo ufficio e spesso aveva il permesso di portare anche me. Io ero incantata dai posters del Mar del Plata di Buenos Aires delle Pampas dei Tangueros.

Erano, i componenti di questo ufficio, quasi tutti provenienti da quel Paese e, soprattutto, ogni tre quattro anni si avvicendavano i managers che li dirigevano.

Ricordo questi managers piuttosto giovani, con tutta la famiglia al seguito, che rimanevano qui in Italia per il periodo prefissato. Erano persone meravigliose e, nonostante la loro posizione sociale, estremamente semplici amichevoli e cordiali con noi.

Ne ricordo uno in particolare che aveva tre o quattro figli di cui uno mio coetaneo.

Era solito, questo bambino, quando veniva all'ufficio, venire in cortile a giocare con me. Si chiamava Juanito.

A Natale Juanito piombava in casa mia con pacchi di regali più' grandi di lui e mi diceva: ecco, questi sono per te. Non ho mai più' visto in un bambino la gioia negli occhi mentre mi guardava e mi porgeva quei regali. Era più' felice che se li avessero regalati a lui. Mi aiutava ad aprirli ed erano regali da togliere il fiato...Un anno mi regalo' un tavolinetto a scacchiera bianco e nero, fiorato, coi piedini da montare, bellissimo, e una delle prime bambole parlanti. Bene, io sono una persona che non ama particolarmente conservare gli oggetti, ma il tavolinetto e la bambola sono ancora con me, conservati gelosamente in una scatola. Li' dentro c'è' Juanito, il suo amore di bambino meraviglioso, la bontà la grazia i sogni la vita di persone lontane che ho amato e che ci amavano. Io voglio molto bene a Juanito, non so più nulla di lui, so che a un certo punto e' venuto a salutarmi tantissimi anni fa dicendo che tornava a casa. Piangeva disperato perché' si era fatto innumerevoli amici, mi abbraccio' forte forte e io al momento non avevo capito che non lo avrei rivisto mai più'.

Non gli ho mai potuto dire quanti sogni mi ha fatto fare la sua Argentina, i posters meravigliosi, la lingua stupenda e quanto avrei voluto andarci.

Da giovane non avevo denari e molto coraggio, ora che ci sono i voli low cost e ci potrei andare ho il terrore dell'aereo e delle navi e quindi non più il coraggio.

Quindi l'Argentina è il mio sogno è la mia infanzia è Juanito è il tango è il palazzone del cinquecento dove ho trovato legami meravigliosi che mi hanno portato anche dall'altra parte del mondo.

Poco tempo fa sono andata ad assistere a uno spettacolo di tangueros, ero in prima fila, è stato meraviglioso...

Seduti vicino a me, da una parte c'era mio marito, dall'altra un signore impettito sconosciuto, che mi guardava male e non poteva capire perché', alla fine dello spettacolo, io mi sia alzata in piedi e abbia gridato viva l'Argentina, viva Mar del Plata, viva le Pampas, viva i tangueros, viva Juanito con quanta voce avessi in gola.

E, in silenzio, ho gridato viva il mio palazzo di Genova, viva la vita, viva le cose semplici e grandi che lì ho imparato, e, soprattutto, le meravigliose persone che vi ho conosciuto, i miei "legami che non hanno nome..."

Indice

RINGRAZIAMENTI

Ringrazio mio marito per l'aiuto datomi con pazienza e perizia per il progetto grafico e tutta la parte tecnica di questo lavoro.

Un grazie infinito.

Finito di stampare nel mese di Luglio 2012
per conto di Youcanprint *Self - Publishing*